KB050862

# 호르몬이 그랬어

1

박서련 소설

차
례

다시 바람은 그대 쪽으로

외롭다. 그대, 내 낮은 기침 소리가 그대 단편의 잠 속에서
끼어들 때면 창틀에 조그만 램프를 켜다오. 내 그리움의 거리는
너무 멀고 침묵은 언제나 이리저리 나를 끌고 다닌다. 그대는
아주 늦게 창문을 열어야 한다. 불빛은 너무 약해 벌판을 잡을
수 없고, 갸우뚱 고개 젓는 그대 한숨 속으로 언제든 나는
들어가고 싶었다.

—기형도, 「바람은 그대 쪽으로」

나 지금 서울이야.

첫 문장은 남겨두자. 바뀌지 않는 것도 있어야
지. 이건 바뀌지 않는 것에 대한 소설이기도 하니까.

첫 장면까지도 그대로 쓸 것인지는 아직 정하지
못했다. 숙취를 처음 겪고 쓴 일기를 가져와 만든 문단
들이다. 남겨두고 싶어 하는 마음은 자기연민이고 고쳐
쓰고 싶어 하는 마음은 자기혐오. 어느 쪽도 공정하지
는 않다. 이 소설을 마지막으로 고쳐 쓴 것은 9년 전 일
이고 그때는 이렇게 썼다:

구역질이 날 때마다 귀 아래가 시큰시큰했다. 더 게워낼 것이 없다 보니 뭔가 올라오는 대신 혀 밑에 단침이 고였다. 수차례 신물이 지나가서 그런지 목구멍이 간질간질했고 연신 재채기가 나왔다. 칫, 칫, 하는 시원치도 않은 재채기였지만 꽉 막힌 귀와 귀 사이. 뇌는 그것을 폭음으로 인식했다. 재채기를 할 때마다 위장을 달구는 레버가 불꽃을 튀기며 돌아가는 것처럼 느껴져서 억지로라도 더 토하고 싶어졌다. 뜨거워진 배를 한 팔로 감싸고 목구멍에 손가락을 집어넣었다. 손가락이 내 몸 가장 부드럽고 약한 살을 더듬자 의도한 바가 아닌 신음소리가 흘러나왔다. 느낌표와 물음표와 말줄임표 사이에 숨은 기호들로 표현될 법한 소리. 목에 처박힌 손가락을 거슬러 손목으로 흘러내리는 것은 신음소리가 물화된 것 같은 미지근하고 끈끈한 침. 아무리 정신을 붙잡으려 애써도 머리가 자꾸 변기 쪽으로 기울어졌다. 아무래도 더 토할 것이 없는데 속에서 출렁출렁하는 환청이 들려왔다. 목에서 꺼낸 손에서는 옅지만 분명하게 역한 알코올 냄새가 났다. 무릎으로 몸을 밀어내며 욕조에 이르러 샤워기 레버를 돌렸다. 이마로 차가운 물줄기가 쏟아지자 그제야 조금 살 것 같아졌다. 기침하자 목 안이 갈려나가는 것 같은 통증이 밀려왔다. 술이 섞인 위액이 여러 번 훑은 살을 손톱으로 마구 할퀸 셈이니 아픈 것이 당연했지만, 찬물을 맞고 있는데도 이마의 열기가 가시지 않는 걸 보면 감기 기운이 있는 것도 같았다. 감기가 가는 기척은 느껴본 적 없으나 오는 것만은 안다.

숙취는 이후로도 종종 겪었지만 그렇게 많이 토한 적은 그 전에도 그 뒤로도 없었다. 스물한 살의 나는 몇 년 지나면 내가 더 이상 토할 때까지 술을 마시는 사람이 아니게 된다는 사실을 알지 못했다. 그렇기에 서른 살의 주인공이 그토록 심한 숙취를 겪는 장면을 쓸 수 있었을 것이다.

털어놓을 필요가 없어서 누구에게도 말한 적 없지만 이 소설의 주인공은 '나'였다. 그걸 바꿀 수 없는 이상 완전히 들어낼 수 없는 부분들이 있다. 억지로 바꾸지는 말자. 일기를 거의 그대로 가져온 탓에 과잉된 자의식까지 그대로인 것은 조금 낯뜨겁지만 첫 장면도 크게 바꾸지 않는 게 좋겠다.

왜냐하면 실제로 나는 이번에도 토할 때까지 마

셨고 숙취를 겪는 동안에도 계속 토했으니까. 이런 일이 더 이상 흔하고 일상적이지는 않지만, 드물게 단 한 번 생긴 사건이라도 일어난 일은 일어난 것이다. 생각한 것과는 다소 거리가 있는 셈이지만 사건 자체는 내가 쓴 소설에서와 같았다. 그것이 신기한 우연인지 필연적인 현상인지 나로서는 알 수 없으나.

폭음이었다. 어떻게 집에 돌아왔는지 기억이 나지 않았다. 혼자 술집에 들어갔다가 취기로 누군가에게 전화를 걸었던 것까지는 생각이 나지만 그 뒤로는 아득했다. 불현듯 생경한 기분이 들었다. 허겁지겁 빨래 바구니를 뒤져 전날 입었던 속옷을 찾아냈다. 아무런 기미도 남아 있지 않았다. 마음이 다소 놓였지만 석연치 않은 느낌을 완전히 떨치지는 못했다. 부랴부랴 핸드폰 통화 기록을 살폈다. 문자 그대로 아무것도 없었다. 메시지함도 마찬가지였다. 습관은 생각보다 힘이 셌다. 오싹오싹하는 소름이 말초에서부터 올라왔다.

해가 짧은 계절이지만 벌써 날이 밝고도 한참이었을 시간인데 바깥은 어두웠다. 눈이 오려나. 조금 젖혀둔 커튼 자락을 붙든 채 지난 저녁을 곱씹었다. 예豫의 전화를 받았다. 그래서 술을 마시러 갔던 것, 이라고 하면 스스로를 납득시킬 수 있을까. 나는 술꾼이 아니게 된 지 여러 해 되었다. 예의 목소리를 들은 기억은 지난 저녁의 이미지 중 드물게 또렷한 것이다.

　　아주 오래 예의 목소리를 잊고 있었다. 그 애 목소리의 지문은 여전히 여리고 고왔고, 그래서 도리어, 그로부터 얼마나 오랜 시간이 흘렀는지가 선명하게 느껴졌다. 어렵지 않게 스무 살 즈음 예의 모습을 떠올릴 수 있었다. 수화기에서 그 애의 따뜻한 숨이 가쁘게 뿜어져 나오는 것 같아서 나는 가슴이 조금 먹먹했다.

　　*나 지금 서울이야.*

　　나도 서울이야. 손가락들이 그 애의 목소리를 안고 있는 것처럼 느껴져서 나는 전화기를 쥔 손에 조금 더 힘을 주었다. 긴장했을까, 맥락 없는 안부만 귓속을 맴돌았다. 만나자, 고 말하고 예는 약속 장소로 우리가 다니던 대학 근처의 작은 술집 앞을 짚었다. 그리로 가는 길을 나는 똑똑히 기억하고 있었다. 그 기억, 만은 무섭게도 온전했다.

대학에 입학한 해 나는 학교 기숙사에서 살았다. 상경한 첫해 4월 서울에는 기습적으로 눈이 내렸다. 눈은 제법 쌓였다가 날이 채 저물기 전에 다 녹았다. 거짓말 같게도.

겨우 10년 전인데도 그때 일들은 아주 먼 옛날의 풍문처럼 느껴진다. 내게 일어난 모든 일들이 4월의 눈 같았다. 술을 배웠고 이내 주정을 깨쳤다. 처음 사귄 친구에게 선배 험담을 늘어놓았는데 소문이 퍼져 곤욕을 치렀다. 그즈음 서울은 내내 흐렸고 나는 심한 감기를 오래 앓고 있었다. 늦봄에 어떻게 만났는지도 생각이 안 나는 남자를 사귀었다. 금세 헤어졌고 누구에게도 말하지 않았다.

"전리품을 빼앗기듯 처녀를 잃었다"라는 문장을 삭제했다.

하품조차 나오지 않는 문장이고, 아무리 한참 전 일이라지만, 내가 쓴 것이어서 냉정하게 생각하기가 어렵다. 스무 살 4월에 어떤 남자를 만났고 전혀 기억에 남지 않는 연애를 했으며 그때도 그렇게 생각했는지 일기에도 만나고 헤어진 것조차 제대로 쓰지 않았기 때문에 기를 쓰고 되짚어봐도 떠오르는 게 없다. 그 남자와 관계를 가진 건 맞지만 그건 전리품을 빼앗기는 느낌도 아니었고 처녀를 잃을 도리도 없었다.

왜 그렇게 썼을까? 좀 까져 보여야 쿨한 것 같아서? 정말 까져 보이고 싶었다면 열여덟 살 때 했던 첫 섹스에 대해서 썼어야지. 어차피 소설이라 아무도 믿지 않을 거라 생각하면서 실제로 겪은 일에 대해 쓸 거였다면 첫 섹스를 오빠가 아니라 언니와 했다는 이야기도 했어야지.

예에 대해 쓰려는 마음을 먹었다면 철저하게 정직해졌어야지.

예와 가까워진 것이 바로 그 4월 무렵이었다.

스무 살의 예는 낯가림이 심한 아이였다. 이목구비가 또렷하고 날카로워 상대가 먼저 말을 걸기엔 쉽지 않은 인상이었다. 이렇다 할 특징 없이 둥글고 매끈한 내 생김새가 보는 사람의 긴장을 이완시키는 편이라면 예의 얼굴은 너무 아름다워서 상대에게 알 수 없는 불안을 느끼게 하는 것이었다. 필연 남자애들은 이유 없이 그 애 앞에서 초조해했고 여자애들은 잘 웃지 않는 예를 달갑지 않아 했다.

학기 초에 예와 나는 같은 학과의 그리 친하지 않은 동기였다. 갓 상경한 나는 처음에 예의 시리도록 희고 고운 얼굴, 뭐랄까, '서울 아이'의 이데아 같은 생김새에 주눅이 들어 있었고, 예는 예대로 늘 다른 아이들에게 둘러싸여 있는 내게 먼저 말을 걸 엄두가 나지 않았다고 했다. 그러나 애초에 예는 서울 아이도 아니었고, 지금 다시 생각해도 원인을 알 수 없는 내 인기 역시 오래는 가지 않았다. 각각의 이유로 우리 둘은 그해 봄의 커다란 우리들, 에서 빠져나와 각자 남았다.

너도 여기 사니?

예가 먼저 물었다. 빨래 바구니를 가지고 오지 않은 걸로 미루어 세탁실 TV를 보러 온 모양이었다. 그때 예의 목소리는 어떤 반가움과 수치를 한데 섞어놓은 것처럼 들렸다.

우리가 사는 곳은 5층짜리 허름한 건물에 73개 호실이 빽빽이 차 있는 구기숙사였다. 내 방 창문으로 보이는 바로 건너에는 완공된 지 만 1년도 되지 않은, 입관비가 어마어마하기로 소문난 신축 기숙사가 있었다. 때문에 나는 방에 드나들 때마다, 어쩌다 시선에 창문이 걸릴 때마다 심한 박탈감을 느꼈다.

또 한 번 예가 물었다.

넌 몇 호 살아? 나 2인실 사는데.

5백 원짜리 동전 두 개를 넣고 레버를 돌리자 세탁기가 돌아가기 시작했다. 나는 세탁기 뚜껑을 짚으며 돌아섰다. 마주 보는 벽에 이층침대 두 개가 각각 붙박여 있는 4인실 내 방을 떠올렸다. 기숙사 오리엔테이션을 할 때 딱 한 번 들어가본 2인실은 내가 사는 4인실과 면적이 똑같았고 당연히 4인실보다 비쌌다. 그래도 넌 나보다 형편이 낫구나, 하마터면 꼬일 대로 꼬인 생각을 그대로 입 밖에 낼 뻔했다. 다행히 내가 대답하기 전에 예가 한마디 더 했다.

장학금 받고 들어왔어.

구기숙사의 장학금은 성적순이 아니라 얼마나 더 먼 곳에서 얼마나 더 가난하게 살았느냐를 기준으로 주는 것이었다. 나는 고개를 들었다.

놀러 올래? 내 룸메이트, 밤에 잘 안 들어와. 밖에서 뭘 하는지.

희고 말끔한 예의 얼굴, 심한 기울기나 억양 한 점 없이 깨끗한 그 애의 말씨를 나는 잘 신뢰할 수 없다. 그러나 그 애의 의젓한 얼굴은 온 힘을 다해 울음을 참고 있었다. 그때 그 애가 강박적으로 들어 올린 입꼬리가 마치 그 애 힘으로는 들 수 없지만 꼭 들어야만 하는 짐처럼 무거워 보여서, 나는 경중을 가늠할 수 없는 말 다발을 건네는 대신 그 애를 안았다. 그 애는 놀랐고, 나도 몹시 놀랐다. 그래서 더 그 애를 안은 아름에 힘을 주었다.

좁은 지하 세탁실 안에는 우리 말고도 코인 세탁기가 다섯 대나 더 있었고 낡은 그 기계들은 일제히 열을 내며 돌아가고 있었다. 우리는 오랫동안 그대로 서 있었다. 처음에 아주 급하던 예의 박동이 차츰 가라앉는 것을 나는 귀 기울여 듣고 있었다. 예의 몸은 말라서 구겨질 것 같았다.

오랜 시간이 지나 드디어 이렇게 말할 수 있게 되었다. 예는 구겨지지 않았다. 대신 사라졌다. 오로지 나의 세계에서만.

이런 것을 자기실현적 예언이라고 할 수 있을 것이다. 예언이 없었다면 일어나지 않았을지도 모를 일이 예언 탓으로 결국 일어나는 것. 이 소설을 쓰지 않았다면 이런 일들은 일어나지 않았을 것이다.

나는 2에게 전화를 걸었다. 2는 자기실현적 예언의 개념을 내게 가르쳐준 사람이며, 전날 밤 내가 전화를 걸었을 법한 사람이기도 하다. 신호음이 두어 번 가고, 약간 나른한 듯한 2의 목소리가 들렸다. 여보세요? 나는 곧바로 대답하지 않는다. 일부러. 2가 좀 더 큰 소리로 말한다. 여보세요? 난데, 어제 무슨 일 없었나 궁금해서. 어제? 2는 음, 하고 목소리를 끈다. 어제 나제사 때문에 내려간다고 했잖아. 잊어먹었구나? 어제 왜, 무슨 일 있었어? 아니야, 됐어. 끊을게.

한숨이 나왔다.

1이었을 수도 있다. 그러지 않기를 바랐지만.

1에게 전화를 걸면 신호음을 오래 듣게 된다. 핸드폰 수신음을 항상 진동으로 설정해두는 1은 전화를 바로 받는 법이 없다. 더구나 휴일이다. 거듭 세 번을 다시 걸어서야 1은 전화를 받았다. 여보세요. 1의 목소리에는 잠이 잔뜩 묻어 있다. 왜, 노는 날 아침부터 왜. 나는 침을 모아 삼킨 다음 아무렇지 않은 척 물었다. 어제, 잘 들어갔어? 나도 1도 말이 없는 간격이 무서웠다. 잘 못 들어갔으면? 1의 목소리는 차가웠다. 목소리도 궁지에 몰릴 수 있는가. 내가 뭐 실수한 건…… 아니지? 1은 오랫동안 대답하지 않았다.

'예'는 누구야?

밤에 1은 나에게서 걸려온 전화를 받았다. 언제나처럼 전화를 늦게 받았을 뿐인 1에게 나는 전에 없이 긴 주정으로 화를 냈다. 1은 내게 어디에 있느냐고 물었다. 1이 나를 찾아왔을 때 나는 취해서 테이블에 엎드려 있었다. 1은 나를 대신해 술값을 계산했다. 1이 나를 부축해 일으켰을 때 나는 그에게 안기며 예의 이름을 통째로 불렀다. 1은 자기가 모르는 그 이름이 당혹스러웠고 자기에게 안겨 모르는 사람의 이름을 부르는 내가 갑자기 낯설어졌다.

누구냐고, 그래서?

문득 나는 1이, 예에 대해 이런 식으로 물어보는 것이 조금 우습다는 생각을 했다. 경계할 사람은 따로 있는데. 예에 대해서라면 얼마든지 말해줄 수 있어. 걔는,

그러나 나는 이윽고, 내가 예에 대해 한마디 말로 대답할 수 없다는 사실을 깨닫고 당황한다.

예가 누구냐면.

예 역시 누군가에게서 내가, '서'가 누구냐는 질문을 받았을 때 얼른 대답하지 못하고 헤매게 될까. 아니면 벌써 그런 적이 있었을까.

예라는 글자는 예의 이름 끝에 들어갔다. 내 이름 앞 글자인 서 자와 같은 자였다. 미리 예豫, 펼칠 서舒. 똑같은 글자가 내 이름에서는 서로, 그 애의 이름에서는 예로 바뀌는 것을 우리는 신기하게 여겼다.

우리는 종종 지하 세탁실에서 같이 공부를 하거나 방에서는 잡히지 않는 유선방송을 보거나 컵라면을 나눠 먹거나 한 세탁기에 같이 빨래를 했다. 어떤 바람도 불어 들어오지 않는 그 공간에서 우리는 추위를 탔

다. 그래서 자주 손을 잡고 있었다.

　　밤이 늦으면 닷새나 열흘에 한 번은 예에게서 전화가 왔다. 오늘 내 룸메이트 안 들어오려나 봐. 그러면 나는 베개를 들고 층계와 복도를 건너 그 애의 방으로 갔다. 싱글침대에 두 개의 베개를 세로로 놓고 나란히 누운 채 우리는 다음 날 아침이면 생각나지 않을 사소한 것들을 이야기하곤 했다. 자주 통금을 어기고 숫제 들어오지도 않는 예의 룸메이트가 밖에서 대관절 뭘하고 있을지, 낮에 동기들에게 비웃음을 산 농담이 실은 얼마나 괜찮은 것이었는지, 가족 내에서 서로의 위치가 어떤지 따위의 하잘것없는 이야기를 우리는 두서없이 늘어놓았다. 으레 예가 먼저 잠들었고, 나는 그 애가 좋아하던 소설에서처럼 순간 내가 삼킨 숨이 그 애가 막 뱉어낸 날숨이 아닌지 생각하다 수면등을 끄곤했다. 서로의 몸을 만지는 것은 우리의 가느다란 숨들뿐이었다.

　　뭘 입지. 화장은 어떻게 하지.

　　예와 만나기로 한 시간이 한참 남은 이른 시간부터 나갈 준비를 했다. 다시 누우면 잠들 것 같았고 잠

들면 한밤중까지도 깨어나지 못할 것 같았다. 무슨 짓을 해도 거울 속의 내가 마음에 들지 않았다. 예전처럼 촌스럽고 요령 없어 보이는 건 죽어도 싫었지만 그렇다고 기를 쓰고 꾸민 티가 나버리면 더 죽고 싶을 것 같았다.

어찌어찌 준비를 마치고 출발하려고 시계를 보니 점심때였다. 약속 시간이 다섯 시간도 더 남아 있다는 의미였다. 그렇다고 집에 더 앉아 있을 수도 없어서 그냥 나왔다.

대학에 다닐 때에도 비슷한 습관이 있었다. 지하철로 가면 시간이 얼마나 걸리는지 잘 모르겠으니 아예 아주 일찍 나가버리는 것. 고치지 않는 한은 절대 서울 사람이 될 수 없을 것 같아서, 내가 심하게 부끄러워했지만 떼어버릴 수 없는 몸의 일부 같은 습관이었다. 고쳐졌다고 생각했으나 종종 희미해진 흔적기관을 발견하듯, 나는 약속에 너무 일찍 나와버린 나를 깨닫곤 했다.

다른 의견을 이야기하는 사람도 있었다. 그거 병이야. ADHD인가, 그런 증상이 있대. 1의 말이었다. 병일 수도 있겠지. 특별히 해롭지는 않은 것 같지만. 내

게 더 해롭게 느껴진 것은 내 습관을 증상으로 만든 1의
말이었다.

예는 늦을 것이다. 나처럼 예도 지하철 시간을
잘 계산하지 못했지만, 나와는 반대로 내가 일찍 도착
하는 만큼 약속에 늦곤 했다. 같은 곳에 살았으므로 약
속하고 만날 일이 드물었던 예와 나는, 약속하고 만나
면 오히려 잘 만나지지가 않았다. 오늘은 예를 얼마나
기다릴 수 있을까.


기념 삼아 우리가 살던 구기숙사에 한 번쯤 다
시 가보고 싶지만 이미 그 건물은 헐리고 없다. 그런 지
도 몇 년이 지났다. 그 건물이 헐린다는 것을 스물한 살
때도 알고 있었다. 철거는 예고보다 한두 해 늦게 시작
되었지만 지금에 와서는 전부 과거가 되었다.

전혀 특별한 일이 아니라는 것을 나도 잘 알고
있다.


지하철역 밖으로 나오자마자 2에게 전화를 걸
었다.

지금 와줄 수 있어? 어딘데? 나 지금 당장은, 글

쎄, 거듭 나는 내리누르듯 발음했다. 지금, 와줄 수 있
어? 손이 시리고 위아랫니가 멋대로 닿았다 떨어졌다
를 반복했다. 추위 때문은 아니었다. 왜인지 설명할 수
도 없었다. ……미안, 좀 기다려야겠는데. 기다리는 거
야 얼마든지 괜찮아. 정말로 와주기만 한다면. 전화를
끊고 나는 조금 더 걷다가 편의점에서 커피를 샀다. 커
피가 반쯤 남아 미지근해졌을 때 가로수 옆에 쌓인 얼
음에 부었다. 김이 나는가 싶더니 이내 이상한 색으로
얼어버렸다.

　　문득 고개를 들자 건너편 보도를 걷는 여자가
눈에 들어왔다. 머리카락이 길고 그 가닥들이 아주 가
늘다는 것을 멀리서도 알아볼 수 있었다. 두꺼운 옷을
입었는데도 목덜미며 손목과 발목의 선이 섬세하게 드
러났고, 키가 작은데도 낮은 굽 구두를 신고 있었다.

　　그래서 길을 건넜다.

　　언뜻 시야에 닿은 건널목의 붉은 불빛이 눈꺼풀
에 붙은 듯 계속 아른거렸다. 걸음을 빨리해 그 여자에
게 다가섰다. 팔을 뻗으면 그 여자의 어깨를 짚을 수 있
을 듯한 자리에서 멈춰 섰다.

　　그 애가 아니다.

원래 있던 자리로 돌아가보니 2가 이미 와 있었다. 바로 못 온다더니. 잡아보니 손이 아직 따뜻했다. 나 좀 안아줘. 빨리. 방학, 주말, 대학가에는 빈방이 얼마든지 있었다. 방을 잡아 허겁지겁 입을 맞추고 아무렇게나 옷을 벗었다. 1만큼은 아니지만 나를 제법 오래 만나온 2는 조금 당황한 눈치였다.

왜 이래?

나는 멈추지 않고 손을 움직였다. 두꺼운 겨울옷 소매가 양 팔꿈치에 걸려 내가 버둥거리자 2는 슬며시 끝을 잡아당겨주었다. 그러나 2는 분명히 나의 초조를 두려워하고 있었고 그것은 나도 마찬가지였다.

무슨 일 있었어?

모르겠어, 나도 모르겠어.

나는 2에게 이 소설을 보여준 적이 있었다. 내가 좋아했던 여자애와 나를 주인공 삼아 쓴, 다시 그 애를 만나고 싶지만 그럴 수 없을 것 같은 마음을 담아서 쓴 소설. 예에게서 정말로 전화가 왔어. 이 일이 실제로 벌어지고 있어. 그런 말은 할 수 없었다. 2가 이 소설을 즐겁게 읽은 것은 이 소설이 완료된 과거와 완료될 수 없는 상상의 합이라고 믿었을 때의 일이니까. 다시 벌어지려는 2의 입술에 내 것을 힘주어 댔다. 2는 다소 저항하다가 곧 잠잠해졌다. 앞의 문장을 처음 쓸 때 나는 2가 총부리에 이마를 부딪힌 포로처럼 잠잠해졌다고 썼다. 내 흥분도 오래는 가지 않았다. 내 흥분이 여기서 끝난다는 사실은 스물한 살 때 쓴 소설에 이미 예언되어 있다. 풀 죽어 기댔던 몸을 일으키자 2는 동물을 진정시킬 때의 몸짓으로 내 머리칼을 가만가만 쓴다.

왜 그래, 울지 마.

이 일로 내가 울 거라는 사실을 나는 오래전부터 알고 있었다. 울면서 떠올리는 사람은 오래 사귀어온 1도 바로 눈앞에 있는 2도 아닌 예가 될 거라는 사실까지도.


1은 나의 애인이다. 나는 2의 애인이다. 1은 자신이 나에게 1이라는 사실을 모르고, 2는 스스로 2가되기를 원했다. 둘은 어찌어찌 만난 적도 있다. 나중에 1은 확신 없이 2와 나의 관계를 추궁했고 2는 1이, 자기가 생각한 것보다 근사한 사람이 아니어서 실망했다고 말했다.

1과는 결혼을 할 수도 있을 것이다. 2는 내게 부

담을 주고 싶지는 않다고 했다. 표현이 인색한 1은 어렵
사리, 흠이다 싶도록 다감한 2는 습관처럼 내게 사랑한
다고 말한다. 섹스에 대해서라면, 의외로 1이 적극적이
고 2는 수줍음이 많은 점이 재미있다는 말을 꼭 해야겠
다. 둘 다 내가 상위에 있는 것을 좋아한다. 내 두 허벅
지가 그들의 골반에 걸려서 나아가지 못하고 허리를 끌
어안는 느낌이라서? 일그러진 내 표정과 몸짓에 따라
흔들리는 내가 누워 있을 때보다 잘 보여서?

　　단순히 편해서일지도 모르지.


　　깨어나니 2의 팔에 허리를 내어준 채였다. 겹쳐
진 2의 몸 사이에서 다리를 힘주어 끄집어냈다. 덧창까
지 닫힌 모텔 창으로는 시간을 가늠할 수 없었다. 핸드
폰으로 시간을 확인하고 창문을 열어보니 해가 기울 무
렵이었다. 다시 자리에 누웠다. 잠들어 있는 2의 얼굴을
보았다. 사랑은 성욕이 아닌 동반 수면의 욕구로 발현
되는 것이라는 말을 떠올렸다. 그 말대로라면 이건 사
랑이겠지. 사랑이 아니라면 놀랄 일이겠지.

　　속이 좋지 않았다. 생각해보면 불과 몇 시간 전
까지도 전날 마신 술을 토하고 있었다. 그 사실을 떠올

리자 모든 것이 새삼스레 아득하게 느껴졌다.

2의 잠은 늘 깊다. 나는 애인들에게서 예의 모습을 찾으려고 애쓴 적이 없었지만 깊고 풍요한 2의 잠은 때로 어쩔 수 없이 그 애를 떠올리게 했다. 같은 침대에 눕는 밤이면 예는 오래 깨어 있지 못하고 이내 잠에 혼곤히 취한 목소리로 알아들을 수 없는 말들을 뇌까리곤 했다. 지금도 그렇지만 그즈음에는 더 심하게 잠이 가물어 늘 그 애보다 늦게 잠들고 먼저 깨어나던 나는, 대개 조리에 닿지 않고 문법도 엉망이던 예의 잠든 문장들을 거의 모두 기억했다. 의식이 수면 아래로 가라앉는 순간에 사람은 가장 사랑스럽다는 것을 나는 그 애에게서 배웠다.

이불을 끌어다 2의 벗은 팔에 덮어주었다. 조심스럽게 일어나 침대를 빠져나왔다. 큰 소리가 나지 않도록 주의하며 몸을 씻고 화장을 고쳤다. 구두를 신고 장갑을 낄 때 두어 번 재채기 소리가 났다. 놀라 돌아보니 2가 몸을 뒤척이다 잠잠해졌다.

깨어났을 때 곁에 있어주지 못하는 건 미안한 일이지.

그 또한 예에게서 배운 것이었다. 한 손으로 외

투를 여미며 문을 열었다.

예가 약속 장소로 정한 곳은 스무 살 무렵 우리
가 자주 의식을 잃었던 술집 앞이었다. 조그맣고 보잘
것없는 민속 주점이었지만 해물파전을 인원수에 맞게
시키면 동동주를 무한 리필 해줘서 오래 앉아 있기 좋
은 곳이었다. 마지막으로 가본 지도 3년이 더 되었다.
안줏값이 정확히 3천 원씩 뛰어 있었다. 격세지감이라
고 했던가, 늘 북적이던 술집이었는데 한산했다. 테이
블에 가깝게 종이갓을 씌운 형광등들이 내려와 있었고
나는 건너편에 앉은 대학생들의 구김 없는 주홍빛 얼굴
들을 건너다보며 정말 오랜만에 의식이 부옇게 흐려지
도록 술을 마셨다. 술이 깰 때쯤 쪼그려 앉아 토하는 내
등을 두드려준 사람을 나는 또 잠깐 그 애로 착각했었
다. 울었던가, 조금 울었던 것 같기도 하다.

술집 앞에서 만나자고 했으니 술을 마시자고 할
까. 기억에는 대학 시절 그 애도 제법 소문난 주당이었
다. 동기들과 어울려 학교 근처 유명한 술집을 찾아가
그곳을 유명하게 만들어준 안주를 맛보는 것도 즐거웠

지만 우리는 단둘이 마시는 술을 더 좋아했다. 잠들 때 그랬듯 늘 예가 나보다 먼저 취해 곯아떨어졌고 그러면 나는 그 애를 부축해 방으로 데려가곤 했다. 가끔은 우리보다 한 살 많은 그 애의 룸메이트가 방에 있기도 해서 예와 나는 눈빛을 교환하며 소리 없이 웃었다. 나는 내 방까지 가서야 겨우 긴장을 풀고 쓰러졌다. 왼쪽 2층이던 내 침대까지 기어 올라가지 못하고 사다리를 붙든 채 잠들었다가 룸메이트들이 깨워서 정신을 차리던 때가 종종 있었다.

함께 술을 잔뜩 들이꽂고 기숙사로 돌아온 날 갑자기 예가 내게 입 맞춘 적이 있다. 가을이었다. 취기로 잠들기 직전 그 애의 가라앉을 듯 말 듯 한 의식을 나는 알아볼 수 있었다.

거듭 내 이름을 부르며 입을 맞추고 예는 흐느꼈다. 그 애와 나는 몸을 제대로 가누지 못해 엉킨 채 그대로 복도에 쓰러졌다. 아프진 않았지만 뒷목과 등이 서늘해 술이 조금 깨는 듯했다. 예의 차고 흰 손이 웃옷 밑으로 불쑥 들어왔다. 브래지어와 옷을 한꺼번에 걷어 올리고 예는 내 두 유방을 만지작거렸다. 유두를 빨기

도 하고 빗장뼈 아래를 깨물기도 하며 예는 계속 중얼
거렸다. 사랑한다고.

　　혀가 지나간 자리는 곧바로 차게 식었다. 모두
잠들어 복도는 아주 조용했고 누구 하나 방문을 열고
나오거나 밖을 내다보지 않았다. 예의 한 손이 배를 더
듬으며 아래로 내려와 바지 단추를 끌렀다. 이내 예의
손이 그 아래로 들어왔다. 나는 그 손가락들이 음모 가
운데서 얼마나 더 희게 보일 것인지를 생각했다. 이상
하게 눈물이 났다. 몸은 달지 않았다. 나는 힘없이 늘어
져 있던 내 팔들을 그 애의 등 뒤로 보냈다. 예의 몸은
오래 뜨거웠다가 잠이 들면서 조금씩 식었다. 내 몸 위
에서 잠든 그 애의 몸이 믿을 수 없이 가벼워서 묘하게
외로웠다.

　　희부옇게 동이 터올 즈음에야 방으로 그 애를
밀어 넣을 수 있었다. 그 애를 거부하려던 것은 아니었
다. 나는 예가 바라는 사람이 아니고 싶지 않았다. 나도
사랑해. 잠든 예에게 소용없는 대답을 하며, 나는 내가
한 말이 우스워서 울었다.

　　자고 일어나자 예는 나에게 전날 밤의 일이 기
억나지 않는다고 말했다. 폭음이었다. 나는 고개를 끄

덕이고는 별일 없었다고 말해주었다. 그 뒤로 우리는 단 한 번도 입 맞춘 적이 없다.

약속 없이 서울에서 그 애를 만날 확률은 얼마나 될까.

그렇게 다시 만난 우리가 입을 맞출 확률은.

스물두 살 끝 무렵에 나는 휴학계를 냈다. 이듬해에 전공을 바꿔 다른 학교에 편입했다. 이런 일들과 예는 아무런 상관이 없는데, 그 뒤로 예와는 소식이 닿지 않게 되었다. 졸업하고 그 애가 고향에 돌아갔다는 것은 동기들을 통해 알았지만 그 애가 그 뒤로 어떻게 지내는지는 듣지 못했다.

내가 휴학한 겨울에 예는 심한 감기를 앓고 있었다. 나은 듯해서 약을 끊으면 다시 살아나고, 나은 듯해서 병원 가기를 거르면 또 살아나며 감기는 모질게 예를 괴롭혔다. 수업 출석을 사흘 내리 거르고 침대에서 지내기도 했다. 나는 인스턴트 죽이나 야식집 순두부찌개 같은 것으로 그 애에게 약을 먹였다. 예가 수업을 듣지 못하는 동안은 나도 내내 그 애의 침대 곁에 앉아 있었다. 기침이 심하다가 갑자기 열이 펄펄 끓고, 열을 앓는가 싶으면 또 증세가 바뀌어 맑은 콧물을 한 바가지 쏟아내는 그 애를 혼자 둘 수는 없었다.

나 지금 서울이야.

예의 곁에서 또 하룻밤을 보내고 난 아침이었다. 환기하려고 커튼을 젖히고 창문을 열자 맑고 찬 겨울 햇살이 예의 침대로 몸을 뻗었고 눈이 부시게 먼지가 날아다니는 아래에서 예는 꿈꾸듯이 말했다. *나 지금 서울이야.* 갑자기 무슨 소리야? *서울은 나한테 도시가 아니고 상태인 것 같아. 겨울이 와도 나는 서울. 겨울이 가도 나는 서울. 여름도 가을도 봄도 없이 나는 서울이야.* 그러다 예는 문득 나를 보며 물었다. *너도 서울이야?* 나는 홀린 사람처럼 예를 쳐다보았지만 정작 대답을 하지는 않았다. 예는 아주 슬퍼 보였다. 다른 사람이 아파하는 표정과 슬퍼하는 표정을 잘 구분할 줄 몰랐던 그때의 내게도 그건 슬픈 얼굴이었다.

*내내 서울일 거야.*

나는 그 애의 이마를 짚으며 그 곁에 엎드렸다.

겨울 동안 예의 감기는 좀처럼 낫지 않았고, 나에게 옮지도 않았으며, 나는 그 감기가 다 낫기 전에 도망치듯 기숙사를 나왔다. 돌아온 봄에 우리가 살던 구기숙사 건물이 헐렸다.

알고 있어도 예방할 수 없는 일들이 있다.


약속 없이 헤어진 우리가 곧 다시 약속 없이 만나도 질 것이라고 나는 믿었다. 연락 없이 몇 년을 그대로 보낸 예의 마음도 나와 같았을 것이다. 언제나 예는 서울이었고 그때 대답하지 못했던 나도, 돌이켜 생각해보면 늘 서울이었으므로, 약속이 없어도 우리는 만날 수 있을 것 같았다.


20분이 좀 넘게 내리던 눈이 그치고 하늘은 높은 곳부터 채도를 떨어뜨리기 시작했다. 약속 시간이 가까워지고 있었다. 나는 장갑 속의 내 손이 젖어 있음을 깨달았다. 가슴이 뛰고 있음을 알았다. 내가 긴장하고 있다는 것을 나도 알고 있었다. 안다고 믿어온 것이 나를 이따금 배신한다는 사실도.

나는 예가 약속 장소로 말했던 건물을 올려다보
았다. 예는 꽤 오랫동안 서울에, 적어도 학교 근처에는
오지 않은 듯했다. 우리가 자주 찾던 술집은 와인바로
바뀌어 있었다. 예는 그 사실을 알고도 그곳을 약속 장
소로 정했을까. 알고 있을지도 모르지. 없는 곳에서 만
나자…… 진의는 알 수 없으나 어쩐지 그 애답다는 생
각이 든다. 어쨌거나 오늘은 예를 만날 수 없을 것이다.
사실 그 애를 만날 준비도 나는 되어 있지 않다.

돌아서 걷기 시작한다.


스물한 살 때 쓴 소설은 이렇게 끝났다.


예를 정말 만나고 싶지만, 그때 우리가 서로 어
떤 마음이었는지를 기억하는지. 약간의 불씨로 그 마음
을 되살릴 수도 있을지를 알고 싶지만, 와인바로 바뀐
민속 주점에 앉아 그때와 지금이 얼마나 다른지만 확인
하게 되는 게 무서웠다. 여전히 무섭다.

그러나 이 지점에서 소설과 현실은 갈라져야
한다.

마침내 나는 예를 만난다. 이루어지기를 너무나

바란 나머지 소설로까지 쓴 바람이 마침내 이루어지고 있음을 나는 고백한다. 내가 얼마나 멀리 와버렸는지, 얼마나 엉망인지를 숨김없이 털어놓는다.

나는 예에게 전화를 걸어야 한다. 지금 서울이냐고. 여전히 서울이냐고 물어야 한다.

나 아직 여기에 있다고.


이후로 벌어지는 일에 대해서 쓴 소설은 아직 없다.

호르몬이 그랬어

패딩 점퍼를 입기엔 애매한 날씨다. 기상 캐스터는 활짝 웃으면서, 주말인 오늘은 외출하기 좋은 날이며 오늘 서울 낮 기온이 영상 8도를 기록할 거라고 말했다. 창문 밖으로 내밀어본 손바닥에 그다지 차갑지 않은 바람이 와 부딪친다. 이런 날 구스다운 파카를 입고 나가는 것은 그야말로 철부지 짓일 것이다. 입자니 덥고 벗자니 쌀쌀하다. 나는 체크무늬 남방에 한 팔을 겨우 꿴 채 막막해하고 있다. 그나마도 간신히 고른 옷이다.

입을 게 없다.

고민의 내용은 요컨대 그런 것이다. 아니, 입을 게 없다는 건 거짓말이다. 대학 신입생 때부터 입던 짙은 회색 코트가 있고, 졸업 시즌 즈음 산 재킷에 네이비 색 카디건을 받쳐 입을 수도 있다. 오늘 같은 날씨에는 그 정도의 겉옷이 더 어울릴 것이다. 사실 좀 더 정확히 말하자면 문제는, 이 패딩 점퍼가 상당히 좋은 옷이란 데에 있다. 좋은 옷이란 물론 비싼 옷이다. 함께 입으면 무릎 나온 청바지조차 원래 그런 빈티지룩이었던 것처럼 보이게 하는 이 옷의 능력에 나는 종종 놀란다.

남방 단추를 끝까지 잠그고 점퍼를 걸친 뒤 거울 앞에 서본다. 내가 제법, 비싸 보인다. 이것이 내가 끝내 점퍼를 포기하지 못하는 진짜 이유다. 오늘 나는 꼭 비싸고 좋아 보여야 한다. 그렇다고 멋을 낸 티가 나서도 안 된다. 티 안 나게 멋 부리기는 티 나게 꾸미는 것보다 훨씬 어려운 일이다. 비싼 옷이면서도 캐주얼한 점퍼야말로 티 안 나게 멋 부리기에 딱 맞는 아이템이다. 어색하게 허리를 젖히며 포즈를 취해보는 순간 불쑥 문이 열린다.

엄마 생리 끝났다?

문 안으로 머리를 들이밀며 모친이 묻는다. 너

아직이니? 거울에 놀라고 부끄러워 얼룩덜룩해진 얼굴을 가로젓는 내가 비친다. 나를 보는 모친의 눈이 둥그레 커진다. 시선은 내 몸통을 향하고 있다. 모친은 한 발짝 들어오며 재미있다는 듯 또 묻는다. 그거 입고 나갈 거야? 엉겁결에 고개를 끄덕이고 만다. 덥지 않겠어? 나는 고개를 세차게 젓는다. 모친은 나가며 한마디를 더 보탠다.

어휴, 철부지.

문이 닫히고 나는 긴 한숨을 내쉰다. 약속 시간까지 한 시간이 더 남아 있다. 집에서 약속 장소까지는 넉넉잡고 30분이면 충분하다. 점퍼 주머니에 핸드폰과 교통카드를 챙겨 넣고 방을 나온다. 거실에 모친이 없다. 욕실 쪽에서 들리는 요란한 물소리로 미루어 애벌빨래를 하나 보다, 짐작한다.

정말 이대로 나가도 괜찮을까. 방으로 돌아 들어가 거울을 한 번 더 본다. 애교 있어 보이는 표정을 지어보려고 잠깐 애를 쓴다. 본인 생김새를 두고 이렇게까지 말하고 싶지는 않지만 솔직히 말해서 흉측하다. 팔八 자로 모았던 눈썹과 오므렸던 입술을 도로 잘 펴서 제자리에 둔다. 더 나빠질 게 없다는 생각을 하니 차라리 마음이 편해진다.

　　현관으로 걸어 나와 또 고민을 시작한다.

　　뭘 신어야 할까.

　　신발장을 열고 잠시 골똘해진다. 굽이 7센티미터는 되어 보이는 검정색 부츠가 눈에 들어온다. 부츠를 꺼내고 신발장을 닫기 전에 귀를 기울인다. 물소리는 그치지 않는다. 이내 허리를 굽히고 왼쪽 것부터 당겨 신는다. 부츠는 무릎 바로 밑까지 온다. 모친은 나보다 키가 작으니 모친이 이 부츠를 신으면 무릎이 덮일 것이고, 그 편이 더 맵시 있게 보일 것이다. 모친은 이걸 신고 누구를 만났을까 생각하며 현관을 나선다. 사실 생각할 것도 없는 일이다. 그보다, 모친의 부츠를 신기에는 내 발볼이 좀 넓다는 점이 문제다.


　　점퍼를 선물받은 것은 지난해 11월 말경의 일이다. 지구온난화라는 말이 무색하게 예년보다 추위가 빨리 왔던 그 11월 말이다. 일종의 사고였다고 하자. 느닷없이 그 옷은 나에게 왔고 처음에 그것은 그다지 반갑지 않았다. 모친의 애인이 준 옷을 어떻게 기쁘게 받아 입을 수 있을까? 경우 없는 일에 대한 당혹과 부담이 새

옷을 얻은 기쁨을 밀어냈다. 추위가 아무리 심해져도 점퍼를 한 번도 입지 않고 겨울을 났다. 겨우내 바깥출입을 거의 하지 않았기 때문에 사실 그다지 어려운 일은 아니었다.

그 무렵부터의 내 생활은 철저하게 화학적인 것이었다.

몸이 더 이상 잠을 견딜 수 없을 때까지 자고, 의식이 명료해질 때까지 꼼짝 않고 누워 있는다. 위산이 많이 분비되어 속이 쓰리기 시작하면 밥을 먹고, 식사 후에는 뇌에 공급되어야 할 혈액이 소화기로 가면서 자연스레 오는 식곤증에 순응해 잠을 잔다. 깨어 있는 동안은 그날 호르몬의 균형에 따라 날카롭거나 무디거나 즐겁거나 침울하다. 자고 나면 그 잠 너머의 일들이 잘 기억나지 않는다. 이것도 일종의 화학 현상으로 파악할 수 있을 것이다. 내 몸이 기억을 혐오하기 때문에 생기는 자연스러운 현상. 날이 저물면 밤일까 새벽일까 애매한 시간부터 방의 불을 꺼두고 울기 시작한다. 이렇게 살아선 안 될 텐데, 라는 생각을 하면 당연하다는 듯 눈물이 나는 것도, 호르몬의 작용일까? 아주, 길게, 울고, 누액의 분비와 함께 생성되는 호르몬에 의지해 까

무룩 잠이 든다. 잠은 몸이 더 이상 견디지 못할 때까지 이어지다가, 다시 처음부터.

그때쯤부터 내가 백수였다는 얘기다.

졸업한 지 2년, 좀 더 본격적인 구직 활동을 위해 알바를 막 관둔 참이었다. 어쨌든 내가 누군가의 애인이라는 사실이, 대단히 무심한 남자였던 그 누군가의 속성과는 별개로 꽤 큰 위로가 되어주고 있었다. 말하자면 아직은 누군가가 나를 요구해주고 있음이 내 안심의 근거였던 것이다.

이별은 핸드폰 메시지로 통보받았다. 장난하느냐고 묻고 싶었지만 진담이라는 답장이 와버릴까 봐, 그러니까 진짜로 헤어지는 것이 될까 봐 겁이 나서 함부로 그럴 수가 없었다. 그 뒤로 연락이 없었다. 시간이 지나자 어처구니없지만, 어쨌든, 진짜로 헤어진 것이 맞다는 사실이 조금씩 '알아졌다'. 처음에는 이별조차 문자로 통보한 그 누군가의 무심함이 정말 원망스러웠으나 따지고 보면 애인이란 역시 일종의 비정규직이므로, 가능한 처우였다는 결론에 곧 다다랐다. 그때, 나는 드디어 완전한 백수로 거듭난 것이었다.

모친이 연애 중이라는 사실을 안 것도 그즈음이

었다.

집에 아주 눌러앉으면서 모친을 관찰할 시간
이 늘어난 덕이다. 놀랍게도 모친은 자기보다 열 살 가
까이 어린 남자와 만나고 있었다. 신중한 관찰과 은근
한 정탐 활동을 통해 나는 모친의 애인이 옆 동 사람이
고 단지 앞 상가에 가게를 가진 자영업자이며 열일곱
살 먹은 아들과 단둘이 살고 있다는 등의 사실을 알아
냈다.

돈과 시간의 여유를 과시라도 하려는 듯 그는
종종, 군이, 우리 집에 와 점심을 먹었다. 처음 셋이서
함께 식사하던 날을 똑똑히 기억한다. 평일 정오 무렵
을 집에서 지낸다는 사실에 몸이 서서히 적응해가던,
그러니까 마지막 아르바이트를 그만둔 지 일주일쯤 되
었을 때였다. 초인종도 누르지 않고 그가 우리 집으로
들어왔다.

벌건 대낮에 낯선 남자가 벌컥 현관문을 여는
상황은 뭐랄까, 굉장히 자극적인 것이다. 그럴 때에는
순간 부정적인 방향으로 상상력이 아주 풍부해진다. 강
도인가? 강간범인가? 너무 놀라 소리도 못 지르고 있었
는데 모친이 일어나 반갑게 그를 맞는 것이었다. 모친

은 그를 데리고 들어온 뒤 일어난 김에 주방으로 갔고 나는 애완견처럼 경계하며 내 방으로 들어가 문틈으로만 그를 보았다.

그는 식탁에 무척 자연스럽게 자리를 잡고 앉더니 더 자연스러운 동작으로 수저를 놓았다. 나는 그것으로 그가 우리 집에 꽤 오래 드나든 사람이라는 것을 알아보았다. 모친에게서 밥그릇을 받는 동작으로 그가 모친을 사……랑한다는 것도 눈치챌 수 있었다. 이루 말할 수 없이 복잡한 기분이 들었다. 모친은 나를 불러 내 그의 앞에 앉게 했다.

엄마랑 친한 사람이야. 앞으로 삼촌이라고 불러.

대체 어떤 호르몬이 모친을 그토록 뻔뻔하게 만든 것일까? 나는 모친의 애인이 내 앞에 가지런하게 놓은 수저를 보며 생각했다. 나는 단 한 번도 그를 삼촌이라 부르지 않았다. 어떤 호칭으로도 부를 필요가 없는 사람이었다.

요새 날씨가 많이 쌀쌀해요. 생각나서 사 왔어요. 잘 입었으면 좋겠어요.

점퍼는 그렇게 세 번쯤 더 식사를 같이하던 날

그가 떠나기 전에 몹시 수줍어하며 준 것이다.

나는 그가 내게 준 선물이 자기와 모친의 관계를 눈감아달라는 의미일 거라고 믿고 있다. 그게 아니고서는 잘 알지도 못하는, 자기보다 열몇 살은 어린 여자한테 고가의 선물을 갖다 바칠 리가 없다. 모친은 내가 당신들이 어떤 사이인지를 모른다고 생각하는 것 같다. 아니라면 딸더러 자기 애인을 삼촌이라고 부르라고는 하지 않았을 것이고, 그렇게 계속 그를 집으로 불러들이지도 않았을 것이다.

그의 호의는 처음엔 당혹스러웠고 생각해보니 부담스러웠으며 급기야는 짜증이 났다. 짜증은 직접 그에게 가닿지 못하고 굴절되어 모친에게 들이꽂혔다.

사려면 딱 맞는 걸 사 올 것이지, 왜 이렇게 큰 옷을 사다 준대? 내가 그렇게 덩치가 커 보였대? 누구 놀리는 거야?

바꿔다 달라고 그럴까?

모친은 진심으로 미안해했고 나는 왜, 엄마가 미안해하느냐고, 엄마가 한 짓도 아닌데 왜 엄마가 미안해하는 거냐고 소리를 질렀다. 짜증 때문에 붉게 달아오른 얼굴로 횡설수설하다 어차피 안 입을 거니까 바꿀 것도 없다는 말도 했다. 그때 옷을 바꿔 오지 않은 것은 어쨌든 잘한 일이었다. 집에서만 지낸 몇 달 사이에 나는 무럭무럭 살이 쪄 점퍼에 내 몸을 맞춘 꼴이 되었다.

애인이었던 누군가를 기다리고 있으면서 이렇게 무감각해도 되는 것일까.

패딩 점퍼를 껴입고 나와서 춥지는 않다. 지금은 우선 발이 아프다. 전체적인 실루엣을 생각한답시고 모친의 부츠를 훔쳐 신고 나왔건만, 발볼이 맞지 않는 신발에 억지로 발을 욱여넣은 터라 버티고 서 있기조차 힘이 든다. 평소에 굽 있는 구두를 신지 않다 보니 7센티미터 굽도 에베레스트 같다. 그냥 높은 것으로도 모자라서 가늘디가는 스틸레토힐이다. 신체적으로나 정신적으로나 외줄타기를 하는 듯한 기분이다. 모친은 그 나이에 어떻게 이런 걸 신고 다니는지가 문득 궁금해진다.

누군가는 약속 시간보다 5분 늦게 나타난다.

나는 내가 꼬박 20분 넘게 서서 기다렸다는 사실은 금세 잊고, 내 앞에 멈춰 서는 흰 차가 소나타임을 알아본다. 선팅한 창이 내려가자 세미 정장 차림의 누군가가 보인다. 차를 끌고 올 줄이야. 열린 창 쪽으로 몸을 기울인 누군가가 낯설다. 나는 짐짓 아무 내색도 않으려 애쓰며 어색한 첫마디를 건넨다.

차 뽑았어?

중고야.

누군가는 타라는 듯한 손시늉을 한다. 조수석에 놓여 있던 카멜색 코트를 뒷좌석으로 치우고 앉아 안전벨트를 맨다. 방향제 냄새가 심하다.

오랜만이지?

아뿔싸. 내가 마음에도 없는 소리를 지껄이고 있다. 나, 안 보고 싶었어? 너무 오랜만에 누군가를 만난 나머지 뇌에 분비되는 호르몬계에 어떤 교란이 온 게 틀림없다. 누군가는 얼굴을 약간 찌푸린 채 앞 유리창을 바라볼 뿐이다. 민망하고 부끄럽다. 나도 앞 유리창에 시선을 박는다. 볼 것은 없지만 딱히 무얼 보고 싶다는 생각도 없다. 보행자 신호에 걸려 멈춰 섰을 때에야 누군가는 겨우 입을 연다.

늦겠는데.

뭐에?

누군가는 나를 흘끗 보고는 다시 앞 유리창으로
눈길을 돌린다. 나는 애먼 점퍼 자락을 툭툭 잡아 뜯는
다. 주말, 4차선 도로는 주차장처럼 빽빽하고 차는 좀처
럼 앞으로 나아가지 못하고 있다. 누군가가 자기 자동
차 엔진 소리만큼이나 건조한 목소리로 말을 건넨다.

잘 지내지?

나는 누군가의 물음이 잘 지내니? 가 아닌 잘 지
내지? 인 것에 고마움을 느낀다. 정말로 잘 지내는지 모
르겠다는 걱정스러움이 아니라, 당연히 잘 지내고 있지
않겠느냐는 투의 단정이 질문에 들어 있기 때문이다.
늘어난 턱살을 가리느라 필사적으로 드라이한 머리나
온갖 고민을 다 한 끝에 결국 입고 나온 패딩 점퍼가 어
쨌든 효과를 본 셈이다.

너는 잘 지내는 것 같다.

나는 진심으로 누군가에게 대답한다. 누군가의
옷은 편해 보이면서도 그에게 잘 맞는다. 일은 할 만해?
나는 대답하지 않는 누군가에게 또 묻는다. 누군가는
반문한다. 너는 아직이야? 나는 이런 질문은 전에도 들
어본 적이 있는 것 같다고 생각한다. 히터와 점퍼 때문
에 콧잔등과 이마와 목덜미에서 땀이 삘삘 난다. 더운

건 그렇다 치고 화장이 녹아날까 봐 초조하다.

사거리에서 누군가는 차를 크게 우로 돌린다. 더 높은 건물들의 거리로 접어든다. 나도, 누군가도 말을 하지 않는다. 차는 빨려들듯 자연스럽게 어느 건물의 전용 주차장으로 들어간다.

차에서 내리자 타기 전보다 화창한 듯한 하늘이 보인다. 정오가 조금 지난 늦겨울 서울 하늘은 제법 청량하다. 왜 오늘따라 미세먼지 지수도 낮은 걸까. 누군가는 건물 그림자를 벗어나 앞서 걷고 있다. 기다려, 발이 아파서 잘 못 걷겠어. 하고 싶은 말은 입 안에서만 맴돈다. 나는 누군가를 따라 종종걸음을 친다. 앞발바닥과 발톱 끝에서 불이 확확 오르는 것 같다.

누군가는 건물의 유리문 앞에 서서 내 쪽을 보고 있다. 나는 문 위에 크게 돋을새김된 글씨를 보고 이 건물이 HOTEL임을 알아본다. 고딕체로 쓰인 HOTEL 뒤에 필기체로 되어 있는 글씨는 불어인지 독어인지, 뭐라고 읽어야 할지 모르겠다. 호텔, 모텔이 아니라 호텔에 와보기는 처음이다. 누군가는 왜 나를 여기에 데려온 것일까. 현관 위의 HOTEL…… 뭐라는 글씨를 노려보고 있는 나를 누군가가 큰 소리로 부른다.

안 들어올 거야?

걷기도 힘든 발로 종종 달음질을 친다. 갈수록 가늘고 날카로워지는 외줄을 버티는 기분으로.

쉰 살 막 넘은 모친이 계속 예뻐지고 있는 것은 기이한 일이다. 연애의 힘일까. 모친의 애인이 그녀 호르몬계에 어떤 영향을 주고 있는 게 틀림없다고 나는 확신했다.

생리만 해도 그렇다. 모친은 아직도 한 달에 닷새씩 꼬박꼬박 행사를 치른다. 기간은 나보다 일주일쯤 앞선다. 모친의 생리가 끝나면 내 생리가 시작되는 셈이다. 생리를 할 때의 상태는 비슷하다. 빈혈기가 심해진다. 피곤을 빨리 느끼고 술을 마셔도 금세 취한다. 첫째 날 생리통이 가장 심하다. 보통 생리할 때는 머리, 배, 허리가 아프다고들 하지만 모친이나 나는 온몸의 관절이 빠짐없이 골고루 아파진다.

함께 사는 여자들은 호르몬의 영향으로 생리 기간이 점차 비슷해진다고 하지만, 나의 초경 이후 함께 피 흘린 10여 년간 지금껏 모친과 나의 생리는 단 한 번도 겹친 적이 없었다. 가끔 나는 모친의 피가 나의 피를 끌어당기기 때문에 모친이 먼저 생리를 하고 내가 뒤따라 하는 것이라고 상상하곤 했다. 모친과 나 사이에 어떤, 호르몬의 고리가 있는 것 같았다. 지구와 달 사이에 작용하는 여러 가지 힘들이 두 별의 거리가 더 멀어지지도 가까워지지도 않게 유지해주는 것처럼 모친과 나의 호르몬들이 보이지 않게 연대하고 경쟁하기 때문에 둘의 생리 주기에 사이를 두는 것이라고 나는 생각했다. 그리고 그 고리에 아비는 어떤 힘도 행사할 수 없었다.

　　아비는 태어나서 한 번도 평일 정오를 집에서 지내본 적 없을 것 같은 사람이다. 나는 아비가 하는 일에 대해 잘 모르고 솔직히 말하면 그다지 알고 싶은 생각도 없다. 아비에 대한 나의 지식은 이력서 가족관계란을 겨우 채우는 수준이다. 나는 아비의 학력이 고졸이라는 것과 지금은 그가 택시 운전사로 일하고 있다는 것을 안다. 아비는 모친보다 세 살이 많고, 좀체 늙지 않는 모친과 달리 쪼글쪼글하게 줄어들어 덩치가 많이 작아졌으며, 노안에 시달리고 있다. 그뿐이다. 중학교 진학 이후 아비와는 5분 이상 대화한 적이 없다. 정말이지 아무리 떠올려보려 애써도 그런 적이 없었다. 내가 아비에게 무심한 만큼이나 아비도 내게 관심이 없어 보였다. 그 사실을 깨달았을 때 이미 나와 아비는 그것이 미안하지도 서운하지도 않을 정도로 먼 사이가 되어 있었다.

　　모친이 연애 중이라는 사실을, 아비가 알면 어떻게 될까.

　　모친의 애인을 알게 된 뒤로 모친과 아비 사이의 일을 상상하는 것은 죄책감이 들면서도 멈출 수 없는, 일종의 레포츠가 되었다. 아직 생리가 끊이지 않은 모친은 지금도 아비와 섹스를 할까? 한다면 며칠 주기로 한 번에 몇 분씩 할까? 이제는 거의 안 하지 않을까? 정말 안 한다면 안 한 지는 얼마나 됐을까? 모친은 애인과도 섹스를 했겠지? 그렇다면 애인과 하는 섹스가 더 좋았을까, 아비와 하는 섹스가 더 좋았을까? 모친은 왜 아비와 이혼하려고는 하지 않을까?

　　잘 모르기 때문에 생각할 때마다 답이 달라지는 일련의 물음 가운데, 어렴풋이나마 한 가지 답만 떠오르는 질문 하나가 그것이었다. 아비가, 모친이 연애 중이란 사실을 안다면 어떻게 될까. 의외로 아무 일도 일어나지 않을 것 같다는 생각이 들었다. 지금까지 모친과 나의 호르몬의 고리 밖에 있었던 아비는 모친이 따로 만든 고리에 이번에도 끼지 못한 것뿐이었다. 호르몬의 고리에 끼지 못하는 것이 불가항력이듯, 모친의 새 고리에 끼는 것 또한 아비 마음대로 되는 일이 아니었을 것이다. 나는 아비를 잘 몰랐지만 왠지 아비라면 그 사실을 쉽게 인정하고 체념할 것 같았다. 모친은 종종 내가 아비 성격을 빼닮았다는 말을 하니까.

이 생각을 하면 뒤따라 궁금해지는 것이 있었다. 아비는 외롭지 않을까? 몸도 마음도. 늙어가는 눈으로 궤도도 없이 거의 종일 서울을 도는 아비는, 외롭지 않을까?

해답이랄 순 없겠지만 이런 일이 있기는 했다. 한 달 전쯤 이력서를 넣은 회사들 중 한 곳에서 면접을 보러 오란 연락이 와 아비가 태워다 주기로 했었다. 회사는 구로디지털단지 쪽에 있어 지하철로 가면 한 시간 반, 차로 가면 한 시간쯤 걸렸다. 나는 공들여 다린 정장 차림으로 아비의 택시를 탔다. 패딩 점퍼는 입지 않았다. 출발한 지 30분가량 지났을 때 차가 주유소에 들어갔다. 아비는 시동을 끄고 '만땅'이라고 가볍게 말한 뒤 화장실에 갔다. 조수석에 어색하게 앉아 있던 나는 껌

이라도 없나 하고 콘솔박스를 열었다가 웬 수첩을 발견
했다. 별생각 없이 펼쳤는데 가운데 끼여 있던 명함 크
기의 종이가 떨어졌다. 열 칸으로 나뉜 란에 세 번이 체
크되어 되어 있는 그것은 쿠폰이었다. 뒷면에는 이렇게
적혀 있었다.

　　'♡월드컵 대딸방♡'


　　바싹 긴장한 나를 데리고 누군가가 들어간 곳은
레스토랑이다.

　　조금 김이 샌다. 아까까지는 설마 대낮부터 자
자는 말은 아니겠지, 겁을 집어먹고 있던 터다. 혹시 나
는 조금쯤, 기대를 품고 있었던 건 아닐. 인정하기 싫
은 마음이다.

　　예약하셨습니까?

　　말쑥한 차림의 웨이터가 누군가를 막아선다. 누
군가는 이름을 댄다. 들고 있던 수첩을 확인하고 웨이
터는 앞장을 선다. 자리에 앉으려 하자 웨이터가 팔을
내민다.

　　겉옷 주시겠습니까?

　　이런 생각이 섬광같이 머리를 지나간다. 점퍼를

벗으면 소매 밑 보풀이 일어난 체크무늬 남방이 드러난다. 순식간에 나는 볼품없어질 것이다. 볼품없어 보이지 않으려고 어렵게 입고 나온 점퍼다. 여기서 본색을 드러낼 순 없다.

아니요, 괜찮아요.

나는 필요 이상으로 세차게 고개를 젓는다. 누군가는 좀 황당해하는 듯하다. 덥지 않아? 사람을 한심하다는 듯 쳐다보는 누군가의 저 눈초리를 나는 잘 알고 있다. 어떤 이에게도 주눅 들지 않는 얼굴이라고 믿었기에 사……랑했다. 누군가를 보며 또 고개를 젓는다. 자리에 앉는다.

누군가는 메뉴판을 들고 웨이터와 알아들을 수 없는 대화를 나눈다. 낯설다 못해 우습다. 말하고 싶다. 너, 그런 애 아니었잖아? 연애할 때 우리, 학교 앞 공기밥 라면 사리 무한 리필 부대찌개 같은 거 먹고 그랬잖아?

정신을 차리고 보니 아까와는 다른 웨이터가 나와서 와인을 따르고 있다.

입맛을 돋우는 아페리티프입니다.

알아볼 수 없는 이 호텔의 외국어 이름을 보았

을 때처럼 기분이 이상해진다. 샴페인인가? 둥근 잔 안쪽에 기포가 달라붙는다. 웨이터가 가자 누군가가 잔을 들어 내민다. 얼결에 잔을 들자 꾸짖는다.

그렇게 감싸 쥐면 와인 온도가 변하잖아.

나이를 이렇게 먹고도 누군가에게 식사예절로 혼날 수 있다는 게 놀랍다. 마주 앉아 있는 누군가를 흉내 내 가느다란 잔 받침을 쥔다. 식은땀이 난다. 앞으로 남은 순서마다 계속 이렇게 구박을 받을까. 기나긴 식사를 그러면 어찌 버틸까. 나는 민망함을 떨치려고 아무렇게나 지껄인다.

어쩜 이런 데 오자고 할 생각을 다 했어?

사실 왜 날 이런 데로 끌고 왔냐는 말과 다를 바 없는 책망이지만 누군가는 칭찬으로 받아들인 듯하다. 만족스러워 보인다. 잔을 부딪치고 와인을 한 모금 머금는다. 잘 모르겠다. 뭔가 비싼 걸 섭취하고 있다는 생각에 설레긴 하지만 정말 고개를 갸웃거리게 만드는 맛이다. 달 것 같다가 떫은맛이 나고 그 때문에 마시고 나면 시린 침이 혀 밑에 고이며, 차가운데 아주 시원하지도 않고 하여간 이상하다. 얼마 전에 와인 마시는 걸 예술로 승화한다는 내용의 만화책을 빌려다 보았는데 그

때 생각했던 것과는 좀 다르다. 한 모금 더 마셔본다. 그래도 모르겠다. 홀짝홀짝 마시다 보니 한 잔이 홀랑 입속으로 사라졌는데도 여전히 감이 안 잡히는 맛이다. 누군가가 또 얼굴을 찌푸린다.

왜 그렇게 빨리 마셔? 취하자고 마시는 거 아니잖아.

웨이터가 전채를 놓고 지나간다. 얇게 썬 붉은 살 생선 위에 레몬색 소스를 끼얹은 요리다. 잠시, 둘다 말이 없다. 나는 와인잔을 들여다보며 작은 소리로 말한다. 왜, 만나자고 했어? 이 말 뒤에는 먹는 거 가지고 잔소리할 거면서, 라는 유치한 불만이 숨어 있다. 사실 그런 이유만으로 궁금한 것은 아니다. 만나자는 말을 들었을 때부터 쭉 묻고 싶었던 것이기도 하다. 누군가는 이 비싼 밥을 먹다 말고 다시 시작하자는 말을 내게 할까? 아니면 미안했다는 말이라도 하려고 날 부른 걸까?

나 결혼해.

누군가의 말이 내 고개를 들어 올린다. 이제는 누군가가 와인잔을 들여다보고 있다. 그냥, 잘 사나, 하고 한번 불러봤어. 이왕이면 맛있는 것도 먹이고 싶었어. 우리, 그래도 꽤 오래 만난 사이잖아.

　　말을 마치고 누군가가 나를 바라본다. 그랬는데 역시 안 만나는 게 나았어, 라고 말하는 듯한 얼굴이다. 아, 그랬지. 나는 누군가의 저 표정, 언제나 나를 책망하는 듯한 그 얼굴을 사……랑했다.


　　점퍼는 크림색. 충전재는 캐나다산 구스 다운. 소매와 허리는 암적색 밴딩으로 마감, 지퍼로 탈부착 가능한 커다란 후드에는 라쿤 퍼가 달려 있었다. 왼쪽 가슴에 『엘르』나 『쎄씨』 같은 잡지에서 본 적 있지만 살 엄두는 나지 않았던, 그렇다기보단 언감생심 마음도 품어본 적 없는 브랜드의 로고가 박혀 있었다. 기장은 허리 위로 조금 올라오는 편으로, 두툼한 겨울옷인데도 불구하고 몸통 라인을 예뻐 보이게 하는 효과가 있었다. 정말이지 **좋은** 옷이었다.

　　12월이 오고 본격적인 한파가 닥쳤을 때에도 나는 그것을 입지 않았다. 일종의 시위였다. 물론 모친의 심부름이나 빌려온 비디오 반납 같은 것 말고는 밖에 나갈 일이 거의 없어서 내가 일부러 점퍼를 입지 않고 있다는 것이 티는 나지 않았다. 모친은 내게 그 옷을 입을 기회가 없다는 사실을 정말로 안타까워했다.

고맙다는 인사는 제대로 했니? 그 옷 입고 나가서 삼촌한테 밥이라도 사드려. 원래 옷 선물받으면 그 옷 입은 모습 보여주는 거야.

알 게 뭐야, 라고 생각했다.

가끔 모친의 애인이 문자를 보내오는 경우가 있었다. 대개 이런 식이었다.

삼촌이예요,, ^^ 날씨추운데 감기조심하고 있죠? 먹고싶은 것있으면 말해요 사갈게요

아마 모친이 번호를 알려주고 시켰을 것이다. 나는 쓸데없는 짓 좀 하지 말라고 모친에게 화를 냈다. 몇 번인가 답장을 보낸 적은 있다.

치킨이요

집에 귤 떨어졌어요

모친의 애인은 그다지 잘생긴 편도 체격이 좋은 편도 아니었다. 이목구비의 생김새를 따지자면 오히려 아비가 나았다. 내가 그 아비의 딸이라서 팔이 안으로 굽는 게 아니라, 실로 아비는 못나지 않은 편이었다. 모친 애인의 생김새에 장점이 있다면 인상이 선하다는 것 정도가 다였다. 모친보다 열 살 정도 어리다면서도 모

친보다 나이 들어 보이는 건 장단을 파악할 수 없는 점이었다. 볼 때마다, 참 야심 없게 생긴 사람이구나, 하는 감상을 새삼 하게 하는 얼굴이었다.

생긴 것만큼 순한 사람이긴 했다. 나는 모친이 그에게 반한 것도 그 선한 성품 때문이었을 거라고 믿고 있다. 그는 언제나 모친에게도 나에게도 깍듯한 존댓말을 썼다. 모친이 그에게 싫은 소리를 늘어놓는 모습은 종종 보았지만 그가 모친에게 화내는 모습을 본 적은 한 번도 없었다. 괜찮은 사람이구나. 슬그머니 그런 마음이 들다가도 모친과 연애하는 사람이라 생각하면 어느새 마음이 다시 강경해지곤 했다. 그것은 전적으로 모친 탓이었다.

모친은 연애한다는 사실은 숨기려 하면서 그에 대한 호감은 굳이 감추려 하지 않았다. 사람 진짜 괜찮지? 결혼은 그런 사람이랑 해야 하는 거야. 부인 사별한 지 5년 되었다는데, 아직 젊은 사람이 그냥 아들이랑 둘이 사는 거 보면 안쓰러워. 삼촌이 너 먹으라고 귤 사왔다? 너 생각하는 마음이 아주 그냥 끔찍해.

진짜 끔찍했다.

하던 일들을 모두 관두고 누군가의 말마따나 꽤

길었던 연애까지도 끝을 본 그 무렵의 나는 다른 누군가의 연애를 견딜 수 있을 만큼 마음이 너그럽지가 못한 상태였다. 모친이라고 다를 것은 없었다. 아니, 모친이기 때문에 더 용납할 수 없었다. 누군가 모친의 연애를 망쳐주었으면 하는 마음이 간절했다. 연애 덕으로 내가 평생 보아오던 중 최고로 귀엽고 발랄하고 예뻐진 나의 모친이, 연애 때문에 펑펑 울고 나이만큼 폭삭 늙어버리기나 했으면 좋겠다고 생각했다.

내가 그 일을 할 수 있는 사람이란 사실을 깨달은 지는 얼마 되지 않았다.

모친의 애인이 내게 보이는 관심은 모친에 대한 관심의 연장이라는 것쯤 나도 알고 있었다. 그런데 생각해보면, 그의 관심은 마음이 흔들릴 만큼 집요하고 섬세한 것이었다. 그저 내가 모친의 딸이기 때문에 베푸는 관심만은 아닌 것 같았다. 나는 모친과 닮은 얼굴을 가진 모친보다 젊은 여자였다.

볼 때마다 느끼는 건데요, 참 엄마랑 많이 닮았네요.

제가 엄마만큼 예뻐요?

그가 건넨 말에 내가 제대로 답변을 한 것은 그

것이 최초였기 때문에, 그는 내 답변이 다소 도발적이라는 사실을 눈치채지 못한 것 같았다. 모친은 김치 뚜껑을 열어놓고 싱크대로 갔다. 그는 기쁨을 감추지 않으며 대답했다.

그럼요, 엄마보다 예뻐야죠. 예뻐요.

입에 발린 소리라는 것을 알면서도, 모친보다 예쁘단 말을 들으니 기분이 나쁘지 않았다. 어디가, 제일 많이 닮았어요? 나는 목을 조금 높이 들며 가는 목소리로 물었다. 내 나름으로 그것은 교태였다.

눈이요, 둘이 눈이 똑같이 생겼어요. 쌍꺼풀이 뚜렷한 게 참 고와요.

나도 웃었고 뒤에서 듣고 있던 모친도 웃었다. 모친은 아직, 우리 둘 다 쌍꺼풀 수술을 받았다는 사실을 고백하지 않은 모양이었다.


커피 한 잔으로 기나긴 식사를 마친다.

고등학교 가정 시간에 올바른 테이블 매너를 배운 적이 있다. 그때나 지금이나 그걸 써먹을 일이 생길 것이라곤 상상해보지 않았다. 앞으로도 이런 일은 없을 것이다. 결혼한 누군가가 나를 다시 불러주지 않는 이

상. 이런 생각을 하니 마음이 터무니없게도 애잔해진
다. 누군가는 앉은자리에서 바로 식사 비용을 치르고
빌지인지 뭔지에 사인을 한다.

밖으로 나오니 벌써 해가 많이 기울어 있다. 무
슨 놈의 밥을 그렇게 오랫동안 처먹었나. 주차장으로
드리운 호텔 그늘 밑으로 걸어간다. 누군가는 담배에
불을 붙인다. 확, 한순간에 얼굴이 붉어졌다 다시 어두
워진다.

식은 언제 올려?

두 달 있다…….

뭐라고 이 미친놈아……. 누군가가 뿜는 담배
연기는 말줄임표처럼 많은 말을 숨기고 있는 것 같다.
대체 언제부터. 어쩌다가. 왜. 누군가가 내게 하지 않은
이야기들과 내가 이제는 아무 상관이 없다는 것을 알기
때문에 아무것도 물을 수 없다. 구질구질해지고 싶지
않다.

올 거야?

내가 가서 뭐 해?

차 앞에 다다를 때까지 나도, 누군가도 아무 말
않는다. 누군가는 담배를 밟아 끄고 차 문을 연다. 알려

주지 않아도 누군가는 내가 사는 동네로 가는 길을 안 다. 결혼이라. 낯설고도 가까운 말이다. 누군가의, 결혼 이라. 차라리 신기한 일이다. 결혼만 빼고 다 했던 것 같 은 내가 아닌, 결혼 아닌 건 거의 아무것도 못 해보았을 사람과 결혼이라. 재미있다. 충격을 받은 나머지 내가 미친 게 아닐까 싶도록, 진짜로 재미있다.

　누군가도 모친처럼 결혼하고 연애를 할까. 결혼 하고도 외로움이 지워지지가 않아서 혹은 심심해서, 또 연애를 시작할까. 혹시 그게 나일 수도 있을까. 그런 건 절대로 상상하고 싶지 않다고 생각하면서 동시에 이미 상상하고 있는 나를…… 누군가는 눈치챘을까.

　아파트 단지 입구에 다다르도록 말이 없던 누군 가가 내리는 나에게 말한다.

　부케 받으러 와.

　안 가, 미친놈아.

　차 문을 닫자 누군가는 조수석 창을 내리고 몸 을 기울인다.

　잘 들어가.

　너나.

　누군가가 차창을 다 올리기 전에 나는 돌아선다.

마지막 인사를 건넨 나의 모습이 나는 꽤 마음에 든다. 좀 쿨해 보였을 것 같다. 누군가는 나의 그 마지막 모습을 잊지 못해 다시 전화를 걸지도 모를 일이다. 김칫국일지도 모르지만 번호는 미리 바꾸는 게 좋겠다.

느릿느릿하게 집을 향해 걷다가 문득 어두운 유리창에 비친 나를 본다. 옆모습이 그럴싸하다. 멀리서 보니 살이 붙은 것도 그다지 티가 안 나는 것 같다. 정면을 보려고 돌아선다. 나쁘지 않다. 전체적으로 좀 둥글어진 듯하지만 보기 싫을 정도는 아니다. 핸드폰을 꺼낸다. 마음이 이상하게 설렌다. 통화 버튼을 길게 누른다.

삼촌, 저예요. 우리 순댓국 먹으러 가요.
아직 집에 들어가기엔 이른 시각이다.


내가 아직 **처녀**이던 시절에 갖고 있던 각오는 한마디로 **해버리겠다**는 것이었다. 내가 사랑하는 사람과, 얼른 해치워버리겠다는 이상한 각오. 지금 생각해보면 누구하고든 괜찮았던 것 같다. 내가 품었던 각오는 사랑하는 사람과의 섹스에 대한 기대에서 비롯된 것이 아니고 아직까지 처녀라는 사실에 대한 불안 때문에 생긴 것이었기 때문이다.

　거듭 생각해보면 여전히 이상한 기분이 든다. 다 똑같고 고만고만하다고 생각했던 또래 가운데 경험자들이 하나둘 나타나면서부터 가만히 있던 나머지가 늦되고 모자란 것이 되었다. 일이 왜 이렇게 되어가는 거지? 불과 한두 해 전까지만 해도 섹스를 해본 쪽이 놀림거리가 아니었나? 혼란스럽고 초조한 가운데 내게도 누군가가 나타났다. 별거 아니었네. 나는 그 전까지의 불안을 잊고 의기양양해져서 내 뒤에 남은 이들에게도 같은 충고를 했다. 별거 아니야. 그냥 해버려.

　나는 그때 그 이상한 각오를 또 품고 모친의 애인을 기다리고 있다. 모친의 애인과, **자버리겠다**. 모친의 연애를 망쳐놓고야 말겠다. 첫 섹스를 준비하던 때처럼 내가 무언가를 겁내고 있다는 생각은 들지만 그게 정확히 무엇인지는 몰라서 더 불안하고, 그래서 더 가슴이 뛴다.

　모친의 애인은 통화한 지 5분 만에 헐레벌떡 달려 나온다. 딱히 어디라고 짚어 말할 순 없지만 어색하게 멋 부린 티가 줄줄 나는 차림이다. 너무 웃으니까 사람이 좀 모자라 보이는 듯도 하다.

웬일이에요? 먼저 전화를 다 하고. 많이 기다렸어요? 순댓국 먹고 싶댔나? 맛있는 곳 알아요.

사실 나는 그다지 배가 고프지 않다. 4시 반. 점심식사를 마친 지 이제 겨우 한 시간쯤 지났다. 순댓국은 그냥 생각나는 대로 아무렇게나 말해본 것이었다. 그런데 재미있다. 나와 식사를 하는 일이 그렇게 기쁜 일인가?

네, 저 배 많이 고파요. 순댓국 얼른 사주세요.

네, 네, 가요.

입이 헤벌어지는 그가 좀 귀엽다는 생각이 든다. 이렇게나 솔직한 사람이구나. 모친은 그의 이런 점 때문에 그를 사⋯⋯랑하게 된 것일까?

시내 쪽으로 10분을 걷는다. 발이 아프다는 핑계로 그의 어깨를 짚는다. 7센티짜리 굽 위에 올라선 채여서 그나 나나 어깨 높이가 비슷하다. 정말 보잘것없는 사람이네, 생각하며 나는 주변에 **쉬어갈 만한** 곳이 있나 살핀다. 그는 내가 속으로 무슨 생각을 하고 있는지는 전혀 모르는 얼굴로 그저 나와 보조를 맞춰주느라 열심이다.

잠바 입었네요?

굉장히 뿌듯하고 자랑스러워 보이는 얼굴로 그가 말한다. 네, 사실 이거 보여드리려고 전화한 거였어요. 옷 고맙다는 말씀도 드리고. 나는 방백하는 연극배우처럼 다른 쪽을 보며 큰 소리로 말한다.

그래요, 이거 봐요. 너무 잘 어울리네. 이 옷 보자마자 딱 생각나서 사 왔거든요.

네. 정말 고맙습니다. 진짜 마음에 들어요, 이 옷.

이 대답은 진심이다.

점심때라기도 저녁때라기도 애매한 탓에 식당은 한산하다. 홀에 네 명 앉는 테이블이 여섯 개, 안쪽으로 방이 두 칸 있는 고만고만한 규모다. 홀에는 어쩐지 불륜일 것 같은 남녀 한 쌍이 앉아 있을 뿐이고 방은 비어 있다. 식당 간판에 자기 증명사진을 새겨 넣은 중년 여자 사장이 잰걸음으로 나온다. 나는 말없이 발치를 내려다본다. 부츠를 벗으면 무슨 일이 일어날지를 상상하고 있다. 땀도 많이 났거니와 발이 괴로웠으니 분명 시큼하고 코를 찌르는 냄새가 날 것이다.

앉아요.

그가 곁에 있는 테이블에서 의자를 빼주며 권한

다. 의외로 눈치도 있는 사람이네 싶다. 주인 여자는 못
마땅해 보이는 얼굴로 팔짱을 끼고 옆에 선다. 순댓국
두 그릇 주세요. 손가락 두 개를 펴 보이며 그가 주문한
다. 소주도 한 병 주세요. 내가 덧붙인다. 그가 휘둥그레
진 눈으로 나를 본다.

　　술을 마셔요?

　　제가 애로만 보이시나 봐요?

　　삽시간에 그의 얼굴이 빨갛게 물든다.

　　그런 게 아니고…… 저는 술 잘 못해서.

　　그럴 것 같아서 시킨 거다. 아무리 남이라지만
어쨌든 모친으로 얽힌 사이니 그도 나도 술 한잔하지
않고서는 **해버리겠다**는 각오를 이루지 못할 것 같다.
나는 주량이라면 자신 있는 편이다. 그는 분주히 수저
를 놓고 컵에 물을 따른다. 순댓국보다 먼저 소주가 나
온다. 옳거니.

　　받으세요.

　　그는 내가 따르는 술을 양손으로 받는다. 편하
게 받으세요. 나는 웃는다. 이게 편해요. 나는 웃다 그의
잔을 가득 채우고 만다. 그는 병을 건네받아 내게도 술
을 따라준다. 잔의 팔 할을 채우고 술이 멎는다. 나는 먼

저 잔을 내민다.

짠.

그는 마지못한 기색이 역력한 얼굴로 잔을 받아 들이켠다. 어, 첫 잔은 원샷이죠. 나는 나보다 10년은 더 술을 마셔보았을 그에게 훈수를 둔다. 그는 얼굴을 있는 대로 구긴 채 쭉, 술을 넘긴다. 빈 잔과 그의 붉어진 얼굴을 확인하고서야 나는 내 몫을 마신다. 찡, 한 것이 온다. 이럴 리가 없는데 싶다. 무슨 노릇인지 술이 미친 듯이 쓰기까지 하다. 몸이 술을 밀어내려 한다. 오랜만에 먹어서 그런 것이려니 하며, 물을 들이켜느라 내려놓은 그의 잔을 채워준다. 내 잔에는 반 정도만 따른다.

순댓국 나오기 전에 또 짠.

내가 내민 잔을 그는 거절하지 못한다. 건배 뒤에 이번엔 급히 술맛을 본다. 역시나 쓰다. 날이 아닌가 싶다. 넘어갈 때 뒷골을 치는 느낌이 술 처음 마시던 때를 생각나게 한다.

이윽고 순댓국이 나온다. 그는 묻지도 않고 내 국에 다대기를 풀어준다. 나는 그를 빤히 쳐다본다. 저 원래 다대기 타 먹긴 하는데요. 어떻게 아세요? 그런

거. 그는 몹시 수줍어하며 말한다.

　　엄마가, 그렇게 먹더라고요.


　　기억나는 것은 거기까지다.

　　눈을 뜨니 만화나 소설에 늘 나오는 클리셰처럼 **낯선 천장**이 눈에 들어온다. 공기나 냄새도 내 방의 것이 아니다. 딱히 악취가 난다는 것은 아니지만, 기색이랄지, 체취랄지, 그런 것이 다르다. 오른편으로 돌아눕자 책장에 고등학교 참고서가 빼곡히 꽂혀 있는 책상이 눈에 들어온다. 침대 옆 행거에는 남고생들이 입을 법한 저지들이 걸려 있다. 아무래도 모텔은 아닌 모양이다. 비로소 머리가 띵하다. 이 나이에 필름이나 끊어먹다니 쪽팔린 일이다.

　　몸을 일으키려다 다시 눕는다. 머리가 말도 못하게 아프다. 자리에서 좀 뒹굴다가 베개맡에 놓인 쪽지를 발견한다.

　　일어났어요? 식탁에 콩나물국 끓여서 밥 차려놨으니 먹어요.

　　누워 있는 나는 고스란한 점퍼 차림이다. 웃긴다. 핸드폰을 꺼내 본다. 11시다. 모친에게서 걸려온 부재중 통화가 두 건 있다. 모친에게 전화를 건다. 나, 삼촌네 집이야. 모친은 놀라지 않는다.

알아.

얘기 들었어? 뭐라고 해?

그냥, 너랑 한잔했는데 피곤해하길래 자고 가라고 했다지 뭐.

나는 모친이 그에게 갖고 있는 믿음의, 또는 나에게 갖고 있는 무심의 크기를 가늠할 수 없어 잠깐 황당해진다. 알았어, 끊어. 다음으로는 그에게 전화를 건다. 일어났어요? 그는 쾌활하고 건강한 목소리로 전화를 받는다. 내가 무슨 실수는 안 했을까.

어제요? 기억 안 나요?

네. 제가 무슨 실수는 안 했나요?

기억 못 할 줄 몰랐어요. 멀쩡해 보였는데…….

그럼 왜 집에 데려다 놓으셨어요?

멀쩡하더니 밥 먹고 나와서 갑자기 휘청하더라고요. 어디 아픈가 걱정돼서 병원 갈까요, 물어봤는데 그냥 피곤해서 쉬고 싶다고 하잖아요. 그냥 집으로 데려가면 엄마 걱정하실까 봐 우리 집에서 재운다고 한 거예요.

그랬구나.

거짓말일 것 같지는 않다. 전화를 끊고 나니 한없이 창피해진다. 나는 나를 감싸고 있는 그의 **호의**에 대해 생각한다. 얼굴을 감싸 쥐고 몸부림을 치다가, 몸을 일으킨다. 세수라도 해야겠다는 마음이다. 그런데 아랫도리가 이상하다.

나는 이불을 들고 내가 누웠던 자리에서 조금 비켜나 본다. 어린애 주먹만 한 핏자국이 둥글게 번져 있다. 웃긴다. 짜증 난다. 이것 때문에 다 망쳤다. ……그리고 걱정이 된다. 남자애 침대에다 이런 것을 남겨놨으니 보통 일이 아니다. 일어나 문 옆에 놓인 전신거울에 엉덩이를 비추어 본다. 점퍼 자락 아래 연청색 엉덩이에 검붉은 얼룩이 크고 선명하다. 좋은 옷을 입었지만 머리는 부스스하고 얼굴에는 개기름이 껴 있으며 엉덩이엔 핏자국이 있다.

나는 책상에 놓인 연습장을 한 장 뜯어 볼펜을 찾아 짧은 말을 휘갈기곤 아직 덜 마른 핏자국 위에 그것을 얹어놓는다. 그대로 그 집을 나온다. 엘리베이터를 탄다. 롱패딩을 입고 선캡을 쓴 중년 여자가 내 엉덩이를 힐끔힐끔 쳐다본다. 나는 보란 듯이 엉덩이를 돌려 대준다. 여자는 고개를 홱 돌린다.

　다행히 모친은 집에 없다. 나는 방문을 꼭 닫고 바지와 팬티를 동시에 내린다. 거울에 비친 나를, 패딩 점퍼를 입고 아랫도리는 벌거벗은 나를 하염없이 본다. 반쯤 마른 피와 털이 지저분하게 엉겨 있는 사타구니를 보다가, 보다가, 비린내 때문에 토할 것 같은 기분이 든다. 화장실로 달려가서 변기 앞에 무릎을 꿇는다.

　침대 위에 내가 두고 나온 종잇장은 지금쯤 피를 조금 먹었을까. 나는 거기에 내가 적어둔 문장을 떠올린다. **내가 아니야, 호르몬이 그랬어.** 나오라는 토는 안 나오고 눈물이 울컥울컥 나온다. 구역질이 밀어낸 피가 허벅지를 타고 흐르며 식는다.

# 총
## 塚
*

\* 능陵은 왕 또는 비의 무덤을,
묘는 그 외 모든 무덤을 가리킨다.
총塚은 주인이 없는 빈 무덤이다.

*죽어서도 세 들어 살고 싶지는 않아.*


길은 줄곧 가파른 나선이었다.

버스는 수챗구멍에 빨려드는 구정물처럼 맥없이 내려가고 있었다. 시든 잡목으로 뒤덮인 겨울 야산이 창밖을 빙글빙글 돌았다. 오래된 버스 특유의 불편한 냄새가 연신 목젖을 밀치고 올라왔다. 차 안은 헛구역질에도 입김이 나올 만큼 추웠다.

두꺼운 옷가지에 파묻힌 노인들이 나를 보고 있었다. 오래된 정물화처럼, 흐르다 남은 연민 같은 것들이 말라붙은 눈길들이었다. 라디오에서는 국군방송이 흘러나왔다. 디제이의 잡담은 시종 유쾌했으나 누구 하나 웃지 않았다.

깍지를 끼자 얼어붙은 손끝이 그나마 덜 식은 손등에 차갑게 닿았다. 새로 사 텅 빈 스포츠 색sack이 팔짱 안에서 구겨졌다. 깜빡 졸았나 싶다가 눈을 떠봐도 창밖의 살풍경은 그대로였다. 출발한 지 30분이 넘도록 버스는 버저 한 번 울리지 않은 채 달리고 있었다. 나는 모르는 새 내려야 할 곳을 지나치지 않았나 하는 불안을 느끼기 시작했다.

'목련공원 1km.'

라디오에서 이번 주의 황토 가습기 당첨자를 호명할 때쯤에야 이정표가 나타났다. 벨을 누르자 나이든 운전사가 속력을 줄일 생각도 않고 내 쪽을 쓱 돌아보았다. 이거 가져가요. 뒷자리에 앉아 있던 노인이 내가 탔던 앞자리로 옮겨 앉으며 내가 두고 내릴 뻔한 가방을 가리켰다.

버스는 나선을 벗어나 야트막한 오르막길에 들어섰다. 혼자 내린 길 위에는 간이 정류장조차 없었다. 바람이 나를 쓸어내리려는 듯 산 사이에서 끊임없이 불어

나왔다. 산 그림자가 뒤척이듯 내 위로 몸을 뻗었다. 가서는 안 되는 길처럼 보였다. 얼어붙은 공주의 묘혈로 가는 길. 수천 년 전에 죽은 공주의 관에 손댄 이들은 모두 저주를 받았고 헤집어진 무덤이 있는 그 지역에는 재난이 끊이지 않았다, 는 뉴스를 본 기억이 문득 났다. 얼음공주의 묘를 찾아낸 이들도 나처럼 불안을 느꼈을까. 그럼에도 가야 한다는 사실을 쓸쓸하게 곱씹으면서.

얼마 걷지 않았는데 비포장도로가 나왔다. 눈과 흙이 뒤섞인 길을 한참을 더 걸었다. 발가락이 얼어서 하나로 붙어버린 듯했고 나중에는 아주 감각이 없어졌다. 이제 더는 길이 아닌 것 같은데, 라는 생각을 여러 번 했다. 처음 오는 길이 아닌데도 그런 생각이 자꾸 들었다. 몇 번이나 그러고서야 목련공원의 흰 정문을 볼 수 있었다.

텅 빈 주차장을 가로질러 관리실로 갔다. 공원 관리인은 외출 중이라고, 그와 형제라는 매점 주인이 전했다. 매점 주인은 난로 위에 주전자를 얹고 있었다. 아무도 찾지 않는 유적을 지키는 공무원처럼 무료해 보였다.

이 날씨에 걸어왔다고요? 차 가지고서도 안 오는 데를…….

쓸모없을 것을 알면서도 조화를 한 무더기 샀다. 매점 주인은 앉았다 가기를 권하며 귤을 내밀었다. 나는 무심코 난로 안 불길에 시선을 주었다. 저만 한 불로도 뼈를 태울 수 있을까. 주머니에 넣었던 손을 빼며 주인의 호의를 밀쳐냈다.

버스는 언제 또 옵니까?

한 시간에 한 대 지나가니까, 보자…… 지금이 20분이니 한 40분 있으면 오겠네.

매점을 나와서 보니 과연 공원은 유적지 같았다. 언덕 위로 수백 개의 검은 돌이 오와 열을 맞추어 가지런히 늘어서 있었다. 해를 받아 빛나는 그것들 가운데 돌과 유리로 꾸민 작은 건물 두 채가 산의 눈동자처럼 중턱에 박혀 내 눈을 쏘아보았다.

나는 다시 걷기 시작했다. 잠시 녹았던 흔적 그대로 얼어붙은 눈길은 몹시 미끄러웠다. 급한 마음 때문인지 발이 자꾸 헛디디어졌다. 시간이 턱없이 부족했다.

별안간 땅이 스스로 일어나 벼랑으로 변했다.

심하게 넘어졌다. 손에서 놓친 조화 몇 송이가 날아가 남의 무덤 위에 떨어졌다. 봉분 없이 평평하게 눈 쌓인 납골묘에 한순간, 파문이 생기는 것을 본 것 같았다. 나는 아픈 것도, 몸을 일으키는 것도 잊고 눈을 비볐다.

영사기가 작동하는 방식은 흙 속에 파묻혀 있던 사람이 처음으로 보게 되는 햇살이야말로 저런 것이 아닐까를 상상하게 한다. 약간의 틈으로, 빛 한 가닥이 길게 떨어져 컴컴한 정적 안에 꽂히는.

첫 번째 장면, 너는 태양광이 맑게 스미는 바닷속을 유영한다. 장난기로 반짝이는 눈 아래 산호 같은 뺨과 어깨가 나란하다. 다른 촬영에서 수없이 찍어오면서 너를 떠올렸던 연출이다. 이윽고 해변으로 나온 너는 모래 위에 서 있던 나의 손을 잡는다. 이 장면을 떠올릴 때마다 나는 온통 무너졌다가 다시 쌓이는 것 같은 느낌이다.

장면 2. 불이 꺼졌다. 좁은 방의 면적이 모두 지워지고, 우리는 깊고 넓은 어둠에 가라앉아 심해어족이 되었다. 멀리 나아가지도 못하고 제자리에서 헐떡이다

숨이 멎어버리는 미지의 생물이었다. 땀투성이가 된 내가 옆에 누우면 너는 반지하의 곰보유리창으로 꿈틀거리며 스미는 빛을 가리키며 *집어등集魚燈이야, 조심해,* 일러주곤 했다.

네가 살았던 곳 어디도 집은 아니었다. 보육원을 도망 나와 쉼터로 갔을 때, 최장기 체류일수를 꽉꽉 채우고 쉼터를 떠나 숙식 제공 아르바이트를 시작했을 때, 처음 셋방을 구했을 때에 대해 너는 이야기한 적이 있다. 이때의 사건들은 네 어조를 닮아 가벼운 플래시백으로 처리된다.

내 방은 네가 살았던 네 번째 셋방이었다. 주인 여자는 일쑤 1/n로 전기세, 물세를 부담해야 하니 누굴 데려와 살 것 같으면 반드시 말하라고 했다. 여기가 장면 3. 나는 방을 뺄 때까지 혼자 지낼 계획이라고 웃으면서 말했고 너는 방문 너머에서 가만히 숨을 고르고 있었다.

동거 1년의 기억은 구획 지어지지 않은 슬라이드 필름 같았다. 가장 중요한 대목은 대개 그대로였지만 몇 가지 장면들은 불러올 때마다 다른 느낌이었다. 순서도 뒤죽박죽이었고 내가 한 말과 네가 한 말을 구별하기가 어려웠으며 종종 실제로는 연출된 적 없는 장면들도 끼어들곤 했다. 상연이 끝나면 언제나 견디기 힘든 화가 치밀었다. 너는 내가 화를 내는 것을 싫어했다. *너는 왜 슬프면 화를 내?* 라고 했던가, *너한테는 슬퍼하는 법을 가르쳐줄 사람도 없었던 거지* 라고 했던가. 모두 네가 했던 말일 수도 있다. 사실은 아무 말도 하지 않았을지도 모른다. 항상 화가 나 있는 나를 싫어한 것은 네가 아니라 나였을 수도 있다.

장면 4. 들킬까 봐, 해가 져도 불을 못 켜고 나를 기다리면서 너는 세계의 미스터리들을 더듬었다. 조금 어둑한 그 방의 광경이, 그리라면 그릴 수도 있을 만큼 선명하게 떠오른다. 담요 두 채 펴면 꽉 찰 방 가운데 이불을 펴놓고 엎드린 너. 손을 많이 타 책등이 너덜너덜해진 불가사의 도록. 간이 화장대. 비키니 옷장. 신발 서너 켤레. 내가 고등학교 때부터 쓰던 데스크톱 컴퓨터, 화면 군데군데가 죽은 오래된 모니터. 귀퉁이의 전기밥솥, 그리고 그 위에서 밥을 지은 지 몇 시간 되었는지 알리는 빨간 표시등이 빛났을 것이다.

그런 곳에서 지내면서 너는 가장 아름다운 무덤이라는 타지마할, 지상 최대의 무덤이라는 피라미드,

세계 유일의 수중릉이라는 문무대왕릉 같은 것에 매료되었다. 일종의 허영이거나 도피일 것이 분명한 네 취향이 내게는 귀엽게만 느껴졌다.

*사람들은 남의 무덤에 관심이 많구나.*

그러게. 관광도 가고.

장면 5. 이따금 네가 조곤조곤 들려주는 불가사의들을 차츰 나도 듣고, 가끔은 기억해내기 시작했다. 이야기의 내용보다는 언제나 목소리에 더 관심이 많았으나 연인을 위해 사막에 공중정원을 만들고 함께 묻힐 무덤을 짓는 군주들에게서 나는 우리의 집을 보기도 했다.

장면 6은 내가 만들어낸 이미지이다. 너의 무덤은 세계에서 가장 아름다운 것이어야 했다. 나는 왕이되어 아직 죽지도 않은 너를 위해 수의를 짓고 관을 짜고 무덤을 쌓는다. 본 것도 적고 상상력도 부족한 나는 네게 아직 입혀보지 못한 웨딩드레스를 수의로, 홈쇼핑 프로에서 본 공주 침대를 관으로, 해변 아름드리나무 숲을 묘혈로 삼는다. 이런 것들을 그리다 보면 살고 죽는 것이 어떻게 다른지 구별할 수 없었다.

다음 장면. 우리는 엎드려 머리를 모으고 도록

을 들여다보다 마지막에는 책에 나온 방법대로 텔레파
시를 연마하곤 했다. 카드 무늬 맞히기 따위는 잘되지
않았지만 같은 단어 외치기는 제법 잘 맞았다.

셋 세면 동시에 뭐가 되고 싶은지 말하기.

하나, 둘, 셋,

너.

네가 되고 싶은 나는 내가 되고 싶어 하는 너를
안아주었다. 너는 안긴 채로 우물우물 말했다.

이상하지 않아?

뭐가?

살아 있는 우리보다 죽은 사람들이 지구상에서
더 넓은 면적을 차지하고 있는 거.

나는 안쓰러운 너를 더 세게 안으며 *내 무덤은
너야* 라고 말해주었다. 가장 아름답고 가장 크며 유일
한 나의,


너는 난초당 42호에 보관되어 있었다.

매점 주인이 20분은 족히 걸릴 거라던 유리문
앞에 나는 12분 만에 당도했다. 건물 안은 바람이 들지
않지만 온도는 오히려 바깥보다 낮은 듯했다. 씨발 목

욕탕 사물함도 이것보다는 커. 이토록 춥고 비좁은 곳에서 허술한 자물쇠 하나만 믿고 지냈을 너를 생각하니 화가 났다.

까치발을 들어 드라이버로 너의 서랍 같은 방을 열었다. 조금 큰 밥주발처럼 생긴 볼품없는 사기 단지 안에 너는 담겨 있었다. 그나마도 10만 원이나 치르고 산 것이었다. 열어볼 생각은 없었다. 종종 안에 있는 줄 모르고 화장실 문을 열면 뜨거운 물이라도 맞은 듯 놀라고 악을 쓰던 네가 떠올랐다. 하물며 너의 뼈를 보는 일이라면.

쪼그려 앉아 청테이프를 뜯었다. 얼어서 곱은 손이 덜덜 떨렸다. 단지 뚜껑 네 귀퉁이에 테이프 조각을 붙였다. 테이프도 살짝 얼어 접착력이 시원찮은 것 같았다. 마음이 안 놓여서 아예 둘둘 감아 붙였다. 끝을 끊어내다가 단지를 놓칠 뻔했다. 놀라서 잠깐 동안은 움직일 수 없었다. 청테이프는 옥색 타일 위를 굴러 모르는 사람 방에 부딪혔다.

시험 삼아 단지 뚜껑을 돌려보니 덜걱덜걱 헛도는 소리가 났다. 준비해 온 검정 비닐봉지를 꺼냈다. 가방 속에서 네가 쏟아지지 않도록 조심해야 했다. 꽁꽁

싸맨 너를 담으니 비었던 가방이 둥근 단지 모양으로 묵직해졌다.

무심코 고개를 들어 본 천장 귀퉁이에 CCTV 카메라가 붙어 있었다.

가슴속이 뜨끈해졌다. 놀라서 일어나니 저린 다리가 그만 풀리려고 했다. 황황히 문밖을 나왔다. 시간이 없다는 생각이 머릿속을 채웠다. 가방을 끌어안고 비탈길을 달려 내려갔다. 네가 깨질까 봐 마음 놓고 넘어질 수도 없었다. 바람이 악착같이 따라와 드러난 맨살을 면도날처럼 그어댔지만, 이마에서 목덜미까지 이내 땀이 배어났다. 땀은 금세 차가워져 안 그래도 긴장한 근육을 더 굳게 만들었다. 어느덧 관리동이 보이기 시작했다. 창가에 팔짱 끼고 서 있던 매점 주인이 알은체하려는 듯 손을 흔들었지만 발에 붙은 속력을 따라 지나쳐버렸다.

도로까지 나오니 고갯길을 막 넘어오는 버스가 보였다. 가까스로 시간을 맞췄다. 버스에 타고 나서야 네 방을 제대로 닫아두지 않았고 조화도 바닥에 팽개친 채 내려왔다는 사실이 생각났다. 나는 돌아갈 수 없었고 너는 돌아갈 필요가 없었다. 가방에 든 너를 바싹 끌어안았다. 돌아가지 말자.

차창 밖으로 운구용 버스 한 대가 미끄러지듯 지나갔다. 이렇게 추운 날에도 누군가가 묻힌다는 사실에 나는 위로받았다.

반지하 복도에는 총 세 개의 방이 면해 있었다. 문밖에 신발을 둘 수는 없어서 방 안에 신문지를 깔고 신발을 올려두어야 했다. 장면 8. 너는 가끔 자다가 굴러서 내 팔 안을 빠져나가 신발들을 쓰러뜨렸다. 한 켤레뿐인 네 굽 높은 구두가 각기 신문지 밖을 뒹굴면 나는 조심스레 다시 세워두곤 했다. 구두코에는 늘 먼지가 한 켜 앉아 있었다.

옆방은 물론이고 앞방과도 방음이 잘되지 않았다. 위층에는 주인집이 살았다. 너는 울든 웃든 손등을 깨물며 소리를 참았다. 내 손가락이 네 허벅지를 헤집어 들어가는 순간에도 너는 뭔가를 물고 있었다. 내 온등에 손톱자국을 길게 남기기도 여러 번이었다. 장면 9의 대사들은 조심스럽고 숨 가쁘다.

*차라리 나가서 할까?*

*돈 아깝게 무슨 소리야.*

아무리 애를 써도 늘 쪼들리는 돈을 우리는 기를 쓰고 아꼈다. 조명팀 만년 막내의 수입은 변변하지도 일정하지도 못해서 네가 가장이 되어야만 했다. 너는 24시간 기사식당에서 새벽 타임 서빙을 했다. 늦어도 밤 10시면 잠들어 새벽 5시에 일어나 나를 깨워놓고 출근해서 점심시간까지 일했다. 촬영 스케줄이 들쭉날쭉해서 언제 들어갈지도 장담 못 하는 나를 너는 늦게까지 기다려주곤 했다. 약속은 참 많이 했다. 쉬는 날에 가기로 한 곳만 롯데월드, 어린이대공원, 경마공원, 이태원, 63빌딩, 대학로, 인사동, 삼청동.

그러나 약속한 곳들은 모두 타지마할이나 페트라 사층 무덤군만큼 머나먼 나라에 있는 듯이 느껴졌다. 돈도 돈이고 시간도 시간이었다. 우리 것이 아닌 방을 떠나 또 다른 방으로 가는 일이 고작이었다. 번듯한 건물에 있는 노래방, DVD방 정도면 대단한 호사로 여겼다. 이 부분이 장면 10. 우리의 유흥. 그나마 많이 가지도 못했던지라 이 대목은 자주 생략된다.

쉬는 날? 관두면 맨날 쉬는 날이지 뭐, 라던데?

그럼 그냥 관둔다고 하지 그랬어, 그 타임에 일할 사람 구하기가 어디 쉬운 줄 아나 본데.

의외로 쉽다?

장면 11. 이때 나는 정말 할 말이 없었다. 너는 선풍기 앞에서 머리를 말리며 조곤조곤 말을 이었다.

그 타임 구하느라 내가 얼마나 신경 많이 썼는데. 잠만 좀 줄이면 집에 있을 시간 많아지고 해서 아줌마들 은근히 선호하는 시간대래. ……전세 구할 때까지만 고생 좀 하자. 우리 돈 모으는 게 왜 이렇게 힘든지 알아?

내가 못난 탓이지, 라고 말할 수는 없었다. 사실이지만 인정하지 않고 지내온 것이었다.

우리 먹고 쓰는 거야 그렇다 치고, 월세 나가지, 물값 전기값 은근히 나가지. 다달이 나가는 돈만 없었어도 우리 벌써 꽤 모았을걸?

그때 너는 스물두 살이었다. 그런 말을 하기에 너는 아직 어리다고 꾸짖고 싶었다. 그러나 나는, 네가 벌어오는 돈으로 먹고사는 나는 너보다 겨우 한 살이 많았다. 가슴이 뻐근할 만큼 화가 났다.

힘들지 않아?

뭐가?

나랑 사는 거…….

좁은 문을 비집듯 첫마디는 힘들게 빠져나왔다.
그러나 결국 무게를 못 이겨 왈칵 열린 문에서 그러듯
이 다음 말들도 엎어지듯 따라 나왔다.

네가 조금만 잘 살았다면, 아니 하다못해 부모
가 있었다면, 아니 부모 중 한 사람만 있었어도 이렇게
살지는 않았을 거란 생각 안 들어?

덜 마른 네 머리가 미풍에 휘날렸다. 더러는 목
에 감기고 더러는 멀리 나부끼는 긴 반곱슬 머리칼에서
싸구려 린스 냄새가 났다. 식당에서 자꾸 머리를 자르
란다고 네가 투정을 부린 게 며칠 전 일이었다.

그런 생각 안 했다면 거짓말이겠지.

가슴이 예리한 것에 베인 듯 뜨거워졌다. 나는
대꾸하는 대신 마른침을 삼켰다. 말을 잇는 너는 아무
렇지 않아 보였다.

근데 난 좀 다르게 생각했는데.

어떻게 다르게?

너는 다가와 내 목을 끌어안았다.

*아, 모두 당신을 만나기 위한 불행이었나*
*봐……* 라고.

　　도착할 무렵에야 잠이 가셨다. 벌써 사위가 어둑어둑하다. 흐릿한 차창 위에서 강가에 밀집한 불빛이 휘청이고 있었다. 비었던 옆자리에는 어느새 모르는 사람이 앉은 채였다. 단 한 번 함께 건너본 강 위 평행을 지하철은 무심히 가로질렀다. 이상하게 속이 편해졌다. 내내 끄고 있던 핸드폰을 켰다. 캐치콜이니 메시지니 난리 났겠지 하며 켰지만 아무에게도 연락이 와 있지 않았다. 약간 민망하고 쓸쓸해지려 하는 순간 핸드폰 진동이 가만히 울렸다. 문자메시지가 왔다. 촬영 총괄팀에서 영수증 처리를 하는 선배였다. 니가 가져간 거 빼고 그동안 밀린 니 급여 계좌에다 넣어놨어 다음부터 나오지 말래. 이 바닥은 좁다. 다시 이 일을 하기는 어려울 것이다. 그런 건 상관없다. 각오한 일이었다.

　　올림픽대교를 벗어나는 데만 꼬박 20분이 걸렸다. 예상한 것보다 도착이 늦었다. 차가 터미널 앞에 서기도 전에 복도로 나와 있다가 멈추자마자 총알처럼 튀어나갔다. 먼저 내리려다 누군가를 밀친 것 같았지만 뒤에서 뭐라 하는 것도 모른 체하며 달려나갔다. 지하철역 쪽을 서성대다 다시 도로로 나와서 택시를 잡았다. 여윳돈이 아직 5만 원 넘게 남아 있었다. 아낄 이유가 없었다.

　　청량리 얼마나 걸립니까?

　　한 20분 잡으면 가겠지요.

　　올라타자 택시는 좀 달리는 것 같다가 이윽고 붉은 후미등 행렬 가운데 갇혔다. 왼편으로 희고 노란 전조등들이 원활하게 소통하는 것을 보니 더 막막했다. 아저씨 빨리 좀 가주세요, 빨리요⋯⋯. 미터기 요금은 계속 올라가는데 택시는 요지부동이었다.


　　우리 사이에서는 바다로 가서 사는 게 유행이 었다.

　　장면 12, 넓고 넓은 바닷가에 오막살이 집 한 채, 사랑하는 당신하고 철모르는 나 있네. 너는 이따금 창 아래 펴놓은 빨래 건조대 밑으로 상체만 밀어 넣고 멋 대로 개사한 노래를 불렀다.

　　당신도 들어와, 우리 집이야.

　　못 이긴 척 고개를 들이밀면 건조대 관절이 어 깨에 부딪쳐 달강댔다. 오래 입어서 모두 희부득하게 색이 바래고 여기저기 얼룩이 남은 속옷들 아래에서 우 리는 입을 맞췄다. 우리는 우리가 벗어놓은 것들 안에서야 겨우 집을 지을 수 있었다.

너는 바닷가에 작으나마 온전히 우리 것인 집을
한 채 짓고 오갈 곳 없는 아이들을 많이 데려와서, 모두
행복하게 해주자고 말했다. 집이 작은데 어떻게 아이를
많이 기르냐고 묻던 내게, 너는 모두 껴안고 한 사람처
럼 지내면 좁지 않을 거라고 했다.

*이렇게.*

바다에 집을 짓기는커녕 끝내 네 소유의 지붕
하나 마련해주지 못했다. 장면 13에는 네가 나오지 않
는다. 관리인이라는 자는 가장 값이 싼 너의 방을 보여
주며 보증금 120만 원과 5년 치 관리비 180만 원을 선
불로 지급하라고 말했다. 나는 어렵게 물었다. 관리비
를 못 내면 어떻게 됩니까? 관리인은 바로 대답하지 않
았다.

장면 14. 살던 방의 보증금 75만 원과 네가 막
붓기 시작한 적금을 깨 보냈다. 적금이라 해봤자, 깨고
보니 60만 얼마 정도밖에 안 됐다. 잠시였지만, 나는 이
돈을 송금할 때 네가 진심으로 미웠다. 관리인이 계좌
번호를 적어서 준 납골 안내 책자에는 이해하기 어려운
이야기만 적혀 있었다. 관리비 전액을 3개월 안에 지불

못 할 경우 원금액의 20프로로 추가. (※선불 조건의 할인 금액이기 때문에, 기간 내에 납부하지 않으시면 할인 혜택이 사라집니다.) 관리비를 지불 못 할 경우 보증금에서 차감.

이사라고 하기에도 민망할 만큼 적은 짐을 들고 나는 촬영팀 선배가 알려준 고시텔로 갔다. 생활이라기보다는 생존의 공간이었다. 방이 아니라 관 같다던 누군가의 말이 떠올랐다. 방은 좁았고, 그곳에서 오래 지냈다는 입주민들의 몰골은 모두 미라 같았다.

자주 빨지도, 제대로 말리지도 못한 옷가지들은 모두 쿰쿰한 냄새를 풍겼다. 땀이 뱄다 마르기를 반복한 등판에는 소금 결정이 눈꽃처럼 맺혔다. 매 끼니가 라면이었고 그나마 하루 세끼를 챙기기에도 부족했다. 버리지 못한 네 물건들을 머리맡과 발치에 쌓아두고, 이집트 왕의 시신처럼 양팔을 교차해 내 어깨를 붙든 채 새우잠을 잤다. 좁아서가 아니라 껴안을 사람이 없어서. 껴안을 사람이 없어서가 아니고 좁아서. 혹은 둘 다. 나는 슬플 때 화를 내는 사람. 그걸 알려준 사람은 너. 화가 났다. 죽을 만큼 화가 났지만 죽을 수가 없었다.

혼곤한 잠 끝에 가끔 네가 나타났다. 장면 15.

꿈은 거의 늘, 네가 현장에 와 얼결에 엑스트라까지 섰던 날의 재연이었다. 나는 필요 이상으로 흥분해서 구경을 시켜준답시고 너를 여기저기 끌고 다녔다가 선배들에게 주의를 받았다. 너는 돈 준다는 소리에 혹해 엑스트라를 맡기로 했다. 표정도 없이 뒷모습만 화면에 기록될 너에게 빛을 쏘는 일이 좋았다. 해가 잘 들지 않아 밤낮없이 무덤처럼 침침한 방에서 나를 기다렸을 너에게, 지금까지 네가 받지 못한 빛을 모두 모아 내가 다 주고 싶었다.

깨어나면 바다에 들어갔다 나온 사람같이 흠씬 땀에 절어 있었다. 꿈에서조차 나는 그 이상 너에게 아무것도 해줄 수 없었다.


너를 입주시키고 3개월이 지나고부터 공원에서 독촉 문자가 오기 시작했다. 못다 낸 돈의 차액을 얼른 지급하라는, 정중하고 직선적인 메시지들이었다.

먹고 죽을래도 없는 돈을 난들 어쩌라고.

밀린 급여를 달라 하자 영수증 관리하는 선배는 그렇게 말했다. 동감, 이었지만, 그렇게 말하는 그 여자를 죽이고 싶은 생각이 들었다. 할 수 없네요 그럼, 하고

맘에도 없는 소리를 지껄이며 물러났다. 선배는 별 싱
거운 녀석을 다 보겠네, 라고 했다.

사무 보는 선배가 늘 들고 다니는 촬영 스케줄
다이어리 가운데에는 두툼한 돈 봉투가 끼어 있었다.
선배가 화장실에 간 틈을 타 다이어리를 통째로 들고
나왔다. 누가 물어보면 선배한테 갖다주러 가는 길이라
고 둘러대가면서 현장을 빠져나왔다. 다이어리는 쓰레
기통에 버리고 봉투만 챙겼다. 내가 봉투와 함께 없어
진 것을 사람들은 금방 눈치챌 것이었다.

이제 돌이킬 수 없는 일이 되었다. 이 돈으로 네
방의 세를 다 치르고, 그리고, 다른 일을 알아보자. 조금
더 빨리 알아봤더라면 좋았을, 다른 일.

약간 설레며 열어본 봉투 안에는 도합 10만
원이 채 안 되는 지폐와 동전 몇 개, 엄청난 양의 영수
증이 들어 있었다. 허탈해졌다. 아주 가벼워진 네게, 그
리 좋지도 않은 방 하나조차 잡아줄 수도 없는, 이깟 돈,
이깟, 돌려줄 수도 없는 돈…….

문득, 그렇다면 이 돈으로 너를 구하러 가야겠
다는 생각이 들었다.

밥 사 먹으라고 네가 준 돈으로 피시방에 간 적
도 있고, 네겐 끊었다고 큰소리쳤지만 가끔 선배들에
게 담배를 얻어 피웠다. 밤새 촬영 대기한다고 거짓말
을 하고 선배들과 당구장에 갔을 때, 간 것까진 좋았는
데 그걸 들켰을 때, 너는 뭐라고 했지. 그래도 게임비는
선배들이 다 내줬다고 변명하는 내게 돈이 문제가 아니
야 라고 했다. 그 말이 좋았다. 우리 사이에 돈 말고 다
른 문제가 있다고 생각하게 되는 게. 너를 울리면 죽고
싶어졌고 네가 울면 죽기 싫어졌다. 네가 죽는 걸 상상
하고 싶지 않아서 너보다 먼저 죽고 싶었지만 내가 죽
는 걸 봐야 할 너를 생각하면 네가 먼저 죽었으면 싶기
도 했다.

　　요새 방에서 무슨 냄새 나지 않아?
　　연탄일 거야.
　　아직 더운데 웬 연탄?
　　주인집 빨래 많이 해서 해 안 나면 가끔 돌리
더라.
　　……냄새 이렇게 날 정도면 좀 위험한 거 아
닌가?

이 장면에서 누가 묻고 누가 대답했는지는 잘 기억나지 않는다. 괜히 따지고 들었다가 동거를 들키기라도 하면 어쩌나, 하고 흐지부지 이야기를 맺었던 쪽이 너였는지, 나였는지 모르겠다. 앞방은 전에 살던 사람이 이사 나간 뒤부터 한참 동안이나 비어 있었고 옆방 사람은 방에 잘 들어오지 않는 모양이라 대신 따져 줄 이도 없었다.

그때 무엇 때문인지 우리는 조금 다투었다. 내 탓이었을 공산이 크다. 잘한 것도 없이 박차고 나가서, 지방 로케를 핑계 삼아 하룻밤을 밖에서 보내고 네가 출근했을 새벽에야 방으로 들어갔다. 문 열기 전부터 방 안에서 이상한 냄새가 새어 나왔다. 연탄가스 냄새, 같으면서 아니었다.

동트기 전의 어둠과 냄새가 뒤엉켜 방을 꽉 메우고 있었다. 암순응을 위해 눈을 감았다가 천천히 떴다. 제일 먼저 방구석 전기밥솥 위의 빨간 등이 '22H'를 표시하고 있는 것이 눈에 들어왔다. 출근하기 전마다 너는 밥을 새로 지었다. 표시등은 볼 때마다 10H를 못 넘기고 있었다. 한 걸음 떼어 옮기자 양말이 축축이 젖어왔다. 불을 켤 엄두가 나지 않았다. 차고 딱딱한 무엇

이 다리에 걸렸다. 주저앉았다가, 벽을 더듬어 불을 켜자, 네가 드러났다. 입가에는 토사물이 말라붙어 있었고 허리 주변으로 식은 오줌이 고여 있었다.

소용없는 줄을 알면서도 너를 업고, 업는다기보다 둘러메고, 계단을 뛰어 올라가다가 새벽기도회에서 돌아오는 주인 여자와 마주쳤다. 죽을 때도 너는 입을 다물려 애를 쓴 모양이었다. 내 방에 살았던 누군가 죽어 나가는 것을 보고 주인 여자는 소스라치며 뒤로 자빠졌다.

주인 여자의 소개로 온 목사가 장례 절차를 도왔다. 나는 네게 웨딩드레스 같은 수의도, 공주 침대 같은 관도, 해변 아름드리나무 숲도 줄 수 없었다. 네가 지낼 '저렴한' 공간도 목사가 알려준 곳이었다. 강원도까지 가서 화장을 하고 거기에 너를 두고 돌아왔다.

삭제하고 싶은 장면들이 오히려 더 뚜렷하다.

너의 죽음에 의미를 두는 사람은 나뿐인데도, 나는 아무도 신경 쓰지 않는 너의 사망을 누군가에게 신고해야 했다. 눈이 박힌 머리통과 펜을 쥐고 있는 손 사이의 거리가 무척이나 멀게 느껴졌다. 영정으로 쓴 것과 같은 사진이 새겨진 네 주민등록증을 쥐고 힘겹

게 베꼈다. 그래도 메울 수 없는 칸이 많았다. 사망일
시 11월 8일…… 시간은 모르는데…… 세대주와……
의…… 관계…… 나…… 의…… 너.

참았던 눈물은 사인을 적을 때 터졌다.

가, 직접사인이란 직접 죽음의 원인이 된 합병
증, 질병, 손상…… 일산화탄소중독. 나, 는 가, 직접사
인에 이르게 한 일련의 병적 상태를 일으킨 질병과 손
상…… 좁은…… 방에……서 살아서……, 다, 는 나,
에 이르게 한 일련의 병적 상태를 일으킨 질병과 손
상……, 돈이 없어서…… 라, 는 다, 에 이르게 한 일련
의 병적 상태를 일으킨 질병과 손상……

나를…… 사랑해서.


발차 5분여를 남기고 택시는 청량리에 닿았다.
허겁지겁 값을 치르고 생전 처음 이런 말을 했다.

잔돈은 됐습니다!

예매한 부산 부전행 표를 발권받고 게이트를 찾
아 기적처럼 기차에 올라탔다. 여기까지 오는 내내 그
러했듯 두근거림이 가라앉지 않았다. 나는 표를 지갑
에 넣었다. 마음이 조금 놓였다. 지갑을 뒷주머니에 넣

었다. 가뜬했다. 그리고 다음 순간, 오로지 오늘을 위해
산, 너를 담아둔, 검정색 스포츠 색이, 없어졌다는 사실
을 깨달았다.

씨……발.

기차가 움직이기 시작했다. 나는 언제까지 내
가 가방을 가지고 있었는지를 기억해내려고 애썼다. 버
스에 두고 내린 것 같기도 했고 택시에 탈 때까진 갖고
있었던 것 같기도 했다. 발권받을 때 내려놓았는데 누
가 슬쩍 가지고 간 것일지도 모른다는 생각도 들었다.
서울에 올 때까진 내게 있었다…… 이 사실만이 온전
했다.

부산으로 가는 차 안에는 승객이 별로 없었다.
나는 앞좌석에 머리를 기댄 채 우리가 함께 살던 이 도
시 어딘가에 말없이 앉아 있을 너를 생각했다. 네가 정
확히 어디에 있을지 도무지 짚어낼 수가 없었다. 그저
이 도시에 있으리란 것밖에는. 그리고 내가 점점 너로
부터 멀어지고 있다는 것밖에는. 지나온 곳들은 모두
컴컴한 정적 속에 입을 다물었을 것이다. 아무 일 없었
다는 듯.

기차는 거대한 너의 무덤을 천천히 빠져나갔다.

……
라
고
썼
다

처음으로 지은 이야기……를 나는 기억한
다……고 생각한다. 아주 뚜렷한 기억은 아니다. 그때
는 사촌언니가 우리 집에서 지냈다. 그러니까 열 살 때?
열한 살 때? 원고지에 쓴 이야기를 보고 언니가 서련이
는 소설가가 되어야겠다, 라고 했다. 거짓말을 하면 매
를 맞거나 벌을 받았지만 지어낸 이야기를 종이에 옮기
는 것으로는 혼나지 않았다. 그게 이상하고 기분이 좋
았다.

문장은 기억에 박는 앵커.

　　십대 후반에 이 기억에 대해 쓴 적 있다. 이십대 후반에 이 기억에 대해 쓴 글에 대해 쓴 적 있다. 나는 기억력이 나빠서 쓰지 않으면 잊어버린다.

　　잘 기억나지도 않는다면서 오래전 이야기를 굳이 하는 이유는 이 책에 실린 단편들 또한 그만큼은 아니지만 상당히 오래전에 썼기 때문이다. 문학 플랫폼 던전에서 『전도서와 나의 무관함』이라는 제하에 15주간 연재했던 이 원고들을 책으로 만들고 싶다는 제안의 글을 노태훈 평론가에게 보내면서 이런 문장들을 담기도 했다:

　　쓴 사람으로서의 정념을 배제하는 것은 어렵겠지만, 저의 의견을 가능한 한 중립적으로 정리하자면, 『전도서와 나의 무관함』 연재 기획에 포함된 세 작품은 지금의 제 작품들과는 다릅니다. 이십대 초반에 쓰고 삼십대 초반—근래—에 고쳐 쓴 작품들로, 당시의 제가 삼십대 초반인 저처럼 작품을 쓸 수 없었던 것과 마찬가지로, 지금의 저 또한 이십대 초반의 저처럼은 쓸 수 없습니다.

때문에 최근 몇 년간 해온 단편 작업들 사이에 이 세 편을 자연스럽게 섞을 수 없습니다.

좋은 의미에서든 그렇지 못한 의미에서든 이 작품들은 돌출이 된다고 생각합니다.


그러니까 이십대 초반의 나는 어떤 작가였는지를…… 해명하기를…… 더는 피할 수 없을 것 같다.

그 전에 왜 이 해명을 필사적으로 피해왔는지도 먼저 해명해야 할 것이다.


가장 먼저 떠오르는 것은 열아홉 살 때 처음으로 들었던 이상한 칭찬이다.

너는 참 많이 사랑받고 자란 아이 같아.

아마 그 말을 한 사람은 '콩쿨에서 입상하는 여자아이'라는 나의 이미지에 기대어 그런 평가를 한 것으로 짐작되는데, 그 말 앞에는 이상하게도 '나와는 달리'라는 투명한, 비난조의 말이 달려 있는 것처럼 느껴졌다. (실제로 그 사람이 얼마나—나보다 더? 나보다 덜?—사랑받고 자랐는지는 그리 생각하고 싶지 않다.)

별 힘도 들이지 않고 써낸 글이 항상 좋은 평가

를 받는 얄미운 여자애, 아마도…… 그렇게 보였던 게 아닐까? 나는 나를 이렇게 보는 사람들이 나를 어느 정도로 오해하고 있는지 정확하게 상상할 수 없으므로 (나 대신 나의 피해의식이 상상하기 때문에, 필요 이상의 극단에 이르지 않도록, 처음부터 상상하지 않는 것이 좋다) 이렇게밖에 말할 수 없다.

말하자면 그건 누군가…… 최초로 나를 문학공주TM 취급한 사건이었다.

반은 농담, 반은 비아냥 삼아 꺼낸 말이지만 어쩐지 이 말이 마음에 든다. 문학공주TM.

이 오해를 얼른 바로잡는 게 좋을지 상대가 자기 상상 속의 문학공주TM 이미지 때문에 약이 올라 죽도록 내버려두는 게 좋을지 오랫동안 갈피를 잡지 못했다.


문학공주TM 생활은 2000년대 중후반에 상당히 권위 있는 청소년 대상 공모전과 백일장에서 입상한 경력으로부터 시작되었다. 권위 있는 청소년 대상 공모전과 백일장과 그렇지 않은 것들은 어떤 식으로 구분할 수 있냐면, 문예 특기자 전형으로 대학에 진학하고 자 할 때 그 대회의 수상 경력이 영향력을 갖는지 그렇지 않은지를 확인해보면 된다. 나는 그 사실을 고등학교 2학년 여름방학 때 알았다. 마침 내가 참가한 대회가 그 정도의 권위를 가지고 있으며, 보통 '마침' 정도의 마음가짐만으로는 올 수 없는 자리라는 것. 대개는 이 대회에 참가하기 위해 과외를 받거나 학원에 다니고, 이 대회에서 상을 받아 대학에 가려고 한다는 것. 그런 대회에 왠지 나갔고 그런 대회에서 왠지 상을 받았다. 처음 한두 번은 얼결이었지만 이내 당연하게 여기게 되었고 나야말로 은밀히 나를 문학공주TM라 믿기 시작했다. 그냥 그게 나의 운명으로 느껴졌다. 운명이었으면 했던 것 같다. 설명할 필요가 없게.

지금은 2020년대이고 나는 이제 서른 살이 넘었는데 아직도 인터뷰나 작가 소개에서 내가 10여 년 전, 십대 후반에 탔던 상들에 대한 언급이 나온다. 그건 사실은 좀 부끄러운 일이다. 입사 면접을 보려는데 유치원 때 개근상을 타셨다죠? 다른 아이들보다 목을 훨씬 빨리 가누셨다죠? 이런 칭찬을 듣는 것 같은 기분……이라고 하면 이해받을 수 있을까.

　　그렇지만, 굳이 말할 필요가 있나 싶지만, 그때
는 정말 기뻤다. 그 전에는 한 번도 경험해본 적 없는
인정과 집중이.


　　문학으로 도피하기를 마음먹을 즈음 우리 집은
거의 망해 있었다. 매일 저녁 모친과 동생의 손을 잡고
교회에 기도를 하러 갔다. 기도……라고 부르자. 양각
으로 새겨진 십자가 단상 앞에 엎드려 엉엉 우는 모친
곁에 무릎을 꿇고 오래 앉아 있는 일이었지만 기도라고
하면 기도가 되겠지. 그런 일이 매일 있었다. 아직까지
도 모친이 정확히 말해주지 않아서 도대체 몇 개월 치
였는지 지금도 모르겠지만, 특수고용 화물운수노동자
인 부친의 급여가 수개월 치 밀려 있던 때다.
　　당시 우리가 살던 집은 97년인가 98년 수해로
무너진 원래 집 위에 빚을 내서 지은 건물이었고 부친
이 모는 45톤 덤프트럭 또한 시속 100킬로미터로 움직
일 수 있을 뿐 거의 비슷한 빚덩어리였다. 어떤 날은 모
친의 울부짖음에 감응하여 진실로 기도하기도 했지만
어떤 날은 눈을 감고 머리 위로 양손을 깍지 껴 모은 채
이 일이 도대체 언제 끝나는지만을 생각했다.

그런데도 우리 집이 가난하다는 것은 스무 살이 되어서야 알았다. 농사를 짓는 집이라서 일단 쌀이 떨어질 일이 없었던 게 가장 큰 원인이었던 것 같다. 절약 습관이라고 생각했던 게 사실은 가난이었다는 것을 대학에 가서, 갑자기 한 달에 30만 원의 용돈(식비 포함)을 받으며 생활하게 되면서 알게 되었다.

이제는 갈 일이 없는 철원 집 거실 전등 스위치 바로 위에는 내가 아홉 살 때 그린, 어린애 머리통만 한 붉은 동그라미가 있다. 읍내 크리아트라는 팬시점에서 친구와 똑같은 유리 반지를 사서 손에 끼고 집에 돌아갔을 때 부친에게 혼나고 그린 것이다. 부친은 반지를 깨뜨리고 나를 두들겨 패서 울린 다음, 벽에 그 동그라미를 그리고 "이것은 나의 사치다"라고 열 번 말하게 했다. 실제로 있었던 일이고 이것은 내가 기억하는 최악의 체벌도 아니다.

그런데 나는 매우 사랑받고 자란 사람처럼 보인다. 왜냐하면 내가 문학을 잘해서.

부모의 사랑을 듬뿍 받으며 여러 분야에 도전하여 재능을 발견하고, 재능을 한껏 후원받아 꽃피우고,

하나님과 부모님과 저를 가르쳐주신 선생님들께 감사
하다 말하며 상을 받는 여자아이……

그렇게 보였던 모양이다. 문학공주TM.


문학공주TM에게 대학은 이상한 나라 같았다.


고등학교 때 받은 청소년 문학상 덕택에 첫 한
해간은 장학금을 받으며 학교에 다녔다. 당시에 한 달
에 30만 원이나 되는 용돈(식비 포함)을 우리 집이 어떻
게 용인 혹은 감당할 수 있었는지를 오래 궁금해했는
데, 이름 있는 대학에 장학금을 받으며 다니는 것에 대
한 상금의 개념이 아니었나…… 하는 추측이 실제에
가장 가까울 것 같다. 장학금 수혜가 끝난 이듬해부터
는 용돈도 끊어졌기 때문에.

국내 최대 규모의 민간자본 대학 기숙사가 막
개관한 해였고 나도 거기에 살았다. 술을 배우고 연애
를 하면서 내가 가난하다는 것을 눈치챘다. 내 옷은 전
부 너무 촌스러웠고 화장 같은 건 할 줄도 몰랐으며, 주
문 방법이 복잡한 스타벅스나 배스킨라빈스에 가느니
보다는 찻길에 뛰어드는 편이 낫다고 늘 생각했다. 원

래부터 알고 있던 게 아니라 중간에 눈치챈 거여서 상처가 되었다. 가난이라는 것. 총알이 옆구리를 스치고 지나갔는데 피가 안 나는 척하는 기분으로 늘 살았다.

여름방학 즈음에 양친이 내가 사는 기숙사를 둘러보고 갔다. 나중에 모친이 귀띔하기를 부친은 내가 기숙사 보증금을 따로 빼서 방을 구해 남학생과 동거하고 있을 거라고 의심하고 있었다고 한다. 그래서 굳이 부친까지 데리고 와서 기숙사 구경을 시켜줄 수밖에 없었다고. 나의 어떤 상상력은 부친에게서 물려받은 것이 틀림없다는 믿음을 그때부터 품게 되었다.

나는 지금도 바깥에서 누구와 손을 잡거나 입을 맞추기 전에 눈앞에 45톤 덤프트럭이 지나가지 않는지를 살핀다.

그러니까 사실은 대학이 아니라, '원래' 세계가 이상했던 거겠지만······

계속 소설을 썼다. 이 책에 실린 작품들을 쓴 시기가 그즈음이다. 쓴 순서대로 정렬하면 「다시 바람은 그대 쪽으로」 「호르몬이 그랬어」 「총」순이고, 2008년부터 2010년까지 한 해에 한 편씩이 된다.

대략 10여 년 전에 쓰인 이 글들을 참 많이 미워했다. 십대 시절 쓴, 그러니까 기술적인 면에서 훨씬 부족했던 습작들보다, 성인으로서 쓰는 '작품'이라는 사실을 분명히 의식하며 쓴 이 글들이 더 꼴 보기 싫었다. 쓴 사람의 자의식이 고스란히 드러나 있는데 그 자의식이 몹시 미숙한 한편 기를 쓰고 어른인 척하고 있음을 지나치게 잘 알아볼 수 있어서다. 스스로가 남겨둔 그런 태도를 미워하지 않게 된 지 얼마 지나지 않았다.

가령 이 글들이 다른 작가가 쓴 작품이었다면 나는 그 사람도 미워했을까?

언제까지고 문학공주TM일 수는 없었다. 계속 문학공주TM가 되려면 우선 등단을 해야 하는데 그것부터가 요원한 일이었다. 십대 시절 서련이는 금방 등단할 거야, 시간문제지, 하고 덕담을 해주신 선생님들께 괜한 원망을 품기도 했다.

이즈음 내 작품이 등단 문턱에 아주 가까이 간 적도 있다. 교양 글쓰기 수업에서 수업 자료에 쓸 소설

작품을 내면 원고료를 주겠다는 강사의 말을 듣고 내 작품을 맡겼는데, 그 강사가 내 작품을 자기 이름으로 신춘문예에 투고했다. 강사는 멍청하게도 신춘문예 심사평을 그대로 복사해 내게 메일로 보냈고 나는 그, 어디선가 따서 붙여 넣은 듯한 문구가 이상해 검색을 해보았고…… 내 작품이 나도 모르게 신춘문예 최종심에 가 있었다.

　　여기 실린 작품 중에 그건 없다. 그건 내가 고등학교 때 쓴 글이다. 조금 이상한 얘기가 되겠지만, 강사가 훔쳐 신춘문예에 투고한 내 작품은, 이후로 오랫동안 등단하지 못하고 헤매는 동안에 버틸 힘이 되어주었다. 이후로 쓰인 글들이 번번이 낙선하는 동안에 내 작품이 이상한 게 아니라는 믿음이 되어주었다.

　　고등학교 때 쓴 작품이 최종심에 오를 정도라면 이후에 쓴 작품도 그보다 못하지 않을 거야……

　　남의 이름으로 최종심에 오른 내 작품을 보면서 그런 생각을 했다.


　　조금 모호해도 아름다운 문장을 쓰고 싶었고 감히 아무나 이해할 수 없는 이야기를 짓고 싶었다. 지금은 정확한 문장에서 아름다움을 느끼며 누구에게나 공감의 여지가 있는 이야기를 찾아다닌다. 이 책의 세 작품을 쓴 나와, 그것들을 고친 나는 분명히 연속적이고 동일한 존재지만 또 이토록 다르다. 너의 저의를 나 알고 있었다고 생각하는데 이제는 도저히 모르겠다 그런 마음으로, 차라리 처음부터 다시 쓰는 심정으로 소설을 고쳤다. 나는 원래 이 소설들의 저자였는데 이제야 비로소 다시, 또는 처음으로, 공동 저자로 승인받는 것 같은 기분이 든다.

때문에 나의 의식은 지금의 나와 이 글들을 쓴 내가 공유하는 더 먼 과거로 간다. 제대로 쓴 적 없기에 떠올릴 때마다 미묘하게 달라지는 유년.

내가 열 살인가 열한 살 먹었을 무렵 사촌언니가 우리 집에서 지낸 이유를 나는 아직도 모른다. 부친의 임금이 체불되었음을, 그 기간이 얼마나 되었는지를 한 번도 말해준 적 없는 것처럼, 모친이 그에 대해서도 절대로 말해주지 않기 때문이다. 다만 언니가 자기 모친과 사이가 나빴던 것으로 미루어, 집 대신 자기가 좋아하는 막내 이모가 사는 우리 집을 떠올렸을 것, 막내 이모가 보고 싶을 만큼 힘든 일이 언니에게 있었을 것으로 짐작할 뿐이다. 대학생이었던, 그러니까 내가 이 책에 실린 소설을 썼을 때와 같은 또래였던…… 언니에게.

그때 나는 아무도 시키지 않았는데 원고지에 내가 지은 이야기를 옮겨놓았다. 이 부분의 기억이 특히 불분명한데, 완전한 창작은 아니었던 것 같다. 그즈음에 본, 역시 잘 기억나지 않는 동화에서 마음에 들지 않는 부분을 바꿔서…… 행운의 동전을 갖고 있던 여자애가 그 동전을 잃어버리는 얘기를 썼던 것 같은데, 이 또한 썩 확실치는 않다. 나는 기껏 쓴 이야기를 책상 위에 올려두고는 아무도 보면 안 된다고 신신당부를 했다. 누구나 볼 수 있게 잘 두고, 절대로 보지 말라고 으름장을 놨다. 누군가 봐주기를 바랐지만 부끄러워서 그랬던 것 같다.

그걸 보고 언니가 한 말만은 어떤 버전의 기억에서나 또렷하게 떠오른다. 언니의 표정도 언니가 했던 말의 억양도 떠오르지 않아서 언니가 나를 칭찬하려던 거였는지 놀리려던 거였는지도 모르겠지만, 그건 이 기억 위에 금박으로 장식된 문장처럼 눈에 선하게 떠오른다. 언니는 분명히 그렇게 말했다.

　서련이는 소설가가 되어야겠다.


　이 기억에 절대로 빠지지 않을 앵커를 박아두
었다.


　이 앵커를 동시에 돌아보는 여러 명의 나를 안
다.

**해설**

# 겨울의 습작

— 윤경희(문학평론가)

우리가 쓰는 모든 것이 작품의 이름으로 출판되지는 않는다는 사실은 쓰는 자 본인은 늘 주지하지만 책 구매자의 입장에서는 거의 인식되지 않는다. 작가의 이름 아래 묶인 단행본은 최종과 완성에 도달한, 또는 적어도 현시점에서 더 이상 나아갈 바가 없다고 간주된, 글쓰기를 담는 물적 형식이자 독자가 가장 손쉽게 접근하고 소장할 수 있는 상품이다. 세련된 미감을 추구하는 오늘날의 출판 경향에서 책은 원재료인 글쓰기에 최상의 외적 형태로서 주어지고, 매끈하게 편집되고 장정된 책은 그것이 독자적 사물로 생산되기까지 여러

사람의 노동, 시행착오, 실패와 침묵, 포기와 망각, 거듭
된 퇴고와 수정의 끈질긴 시간이 들었다는 사실을 자
칫 가리기도 한다. 한 권의 책 뒤로 미처 책이 되지 못
한 말들, 미숙함에 기인한 부끄러움, 씁쓸함, 자책, 모종
의 죄의식, 그 외 이름 없이 모호한 정념들, 공적인 발표
의 수준에 이르기 위해 필연적으로, 그리고 기꺼이, 삭
제의 운명을 받아들인 문장들이 숫기 없는 거인의 그림
자처럼 조용히 어슬렁거린다.

　　　그런데 주의 깊은 독자가 완결된 작품을 넘어
책에서 더 읽어내고 싶은 것은, 작가와 편집자의 눈에
는 언제고 생생할, 바로 이러한 유령적 기미들이기도
하다. 그것은 이따금 감지되는데, 주로, 곁텍스트$^{paratext}$
라 명명된, 텍스트 본체의 앞뒤에 부가된 작가 소개문,
작가의 말, 주석, 수록작의 본래 발표 시기와 지면 정보,
표4 등에서이다. 곁텍스트는 책에 수록되지 않아도 상
관없는 불필요한 군더더기가 결코 아니다. 한 권의 책
안에서, 작품은 온전한 내적 독자성을 보유한다는 만성
적 착오를, 곁텍스트라는 복수적 이질의 존재는 파열시
킨다. 곁텍스트는 작품에서 억압되거나 누락된 것과 넘
쳐 새어 나온 잉여를 받아 담는 장소다. 글쓰기는 기호

의 몰역사적 구조물이 아니라 주체적 인간의 생산물이라는 것, 쓰는 자는 정체성의 여러 요소들이 특수하게 교차하고 중첩하는 실존인이라는 것, 작품은 상품의 형태로 비로소 가시화된다는 것, 글쓰기에서 상품으로의 이행에 노동과 시간이 소요된다는 것, 노동은 기술의 기계적 수행을 넘어 신체 감각과 정념을 일깨우는 사건이라는 것, 시간은 현실의 기억과 역사로 쌓인다는 것을 곁텍스트는 집요하게 상기시키고 인식시킨다. 작품에서 물러난 유령들이 현상된다. 그것을 읽지 않을 이유는 없다. 주의를 기울여.

작품으로 출판되지 않은 글쓰기, 상품으로 형체화되지 않은 글쓰기, 완성, 출판, 판매의 미래를 굳이 염두에 두지 않으면서 그러나 작가가 끊임없이 시도하는 글쓰기, 그것을 습작이라 부를 수 있겠다. 습작은 작가적 삶의 초창기에만 실행하는 것이 아니다. 쓰는 자라면 누구나 체험할 테지만, 글쓰기는 매번 새롭게 막막하다. 이전의 쓰기를 통해 성취한 것과 패착한 것, 진척한 것과 미결된 것, 모색한 것과 우발적으로 발견한 것 등이 장인적 지식으로 노련하게 축적되기는커녕 쓰는 동안의 지루한 고통의 기억과 다소간의 보람만 남긴 채 거의 말소된다. 그것은 매번의 글쓰기가 제각기 특수하기에, 오로지 그것 앞에서만 당면하는 과제, 그것에만 적용할 수 있는 방법과 기술, 그것을 씀으로써만 되살리거나 새로 겪는 정념이 있기 때문이다. 한 편의 글이 완수되면 그것에만 해당하던 고유한 문제와 방법은 효력을 잃는다. 쓰는 자는 새 글을 시작할 때마다 새로운 과제 앞에서 이전에 시도하지 않은 새 방법을 도모해야 한다. 배운 적 없는 것을 근본부터 연습해야 한다. 시도와 연습의 과정에서 어떤 문장들, 메모, 자료 조사 노트, 초고가 습작으로 구현된다. 완성작으로 퇴고하고 발전시키면서 작가는 습작을 홀가분하게 파기하기도 하지만, 글쓰기의 물적 생산 과정을 입증하고 그럼으로써 작가의 생애와 작품의 신화화를 해체한다는 점에서, 잔존하는 습작은 그 자체로 가치 있는 탐구와 해석의 대상이다. 곁텍스트와 마찬가지로 습작 읽기에도 주의를 기울일 필요가 있다.

「……라고 썼다」라는 작가의 자전적 곁텍스트 덕에 우리는『호르몬이 그랬어』에 실린 세 편의 소설이

10여 년 전의 습작들에 기원한다는 사실을 알게 되었다. 시기상 가장 앞선 소설은 작가 자신의 문장으로 곧장 시작하는 대신, 역시나 곁텍스트인, 기형도의 시를 제사로 인용한다. 제목도 기형도의 것을 원용했다. 수줍음 많은 문학적 거인이 "단 하나의 靈魂을 준비하고 발소리를 죽이며 (……) 그대 窓門"*에 그림자를 드리운다. 습작의 입구에서 유령이 우리를 맞이한다. 작가는 「다시 바람은 그대 쪽으로」를 포함한 소설 세 편이 현재의 자기 작품들과는 다르다고, "당시의 제가 삼십대 초반인 저처럼 작품을 쓸 수 없었던 것과 마찬가지로, 지금의 저 또한 이십대 초반의 저처럼은 쓸 수 없습니다"**라고 말하면서, 10여 년 사이에 작가적 삶과 글쓰기 모두에 불가역적 단절과 격차가 생겨났다고 인식하는 것 같다. 최근 몇 년 동안 작가가 활발하게 출판한 작품들과 이 책의 소설 세 편을 비교하면 많은 부분 수긍할 수 있다. 그러나 『체공녀 강주룡』부터 비로소 작가의

---

* 기형도, 「바람은 그대 쪽으로」, 『기형도 전집』, 기형도 전집 편집위원회 엮음, 문학과지성사, 1999, 75쪽.
** 박서련, 「……라고 썼다」, 『호르몬이 그랬어』, 자음과모음, 2021, 112쪽. 이후 이 책에서의 인용문에는 각주 대신 인용문 뒤에 괄호를 열고 제목과 쪽수를 표기한다.

작품들을 따라 읽어온 독자의 관점에서는 작가의 말을
실마리로 하여 강주룡과 기형도 사이를 연결하는 기표
들의 사슬 한 줄이 단숨에 형성되면서, 작가가 훨씬 더
젊었던 날들의 습작을 자양분으로 삼아 10년이 지난
후 강주룡의 세계를 어떻게 조성했을지 자유롭게 되짚
어보게 되는 것이다.

　　기형도는 겨울의 시인이다. 기형도는 「얼음의
빛」「바람의 집」「도시의 눈」「聖十字」「삼촌의 죽음」
「쥐불놀이」「램프와 빵」「너무 큰 등받이 의자」 같은 「겨
울 版畵」 연작을 비롯하여, 「이 겨울의 어두운 창문」「겨
울·눈[雪]·나무·숲」「겨울, 우리들의 都市」「겨울의 끝」
처럼 수많은 시들의 제목에 겨울을 명시했으며, 「白夜」
「진눈깨비」「밤 눈」「영하의 바람」「입·눈[雪]·바람 속
에서」처럼 겨울을 환기하는 사물과 현상을 역시 시제
로 내세웠다. 기형도의 시 세계에서 1960년부터 1980년
대 말까지 한반도 중부에는 항시 냉한대의 기후가 지배
하는 것처럼 느껴진다. 안개가 잦고, 진눈깨비가 흩날
리고, 가랑비가 바깥의 사물들에 늘상 스며들고, 삭풍
이 온 풍경을 진동시키는 축축하고 냉랭한 날들의 어둑
신한 시간에 시는 쓰여졌다. 황량하고 광막한 유년의 농

촌 마을에서 부옇게 흐린 하늘 아래 외지의 뜨내기들이 몰려드는 수도까지, 그리고 차이의 두 공간을 멀리 잇는 철로와 대합실에도, 차고 습한 공기가 공평하게 내려앉아 있다.

기형도가 뼛속 깊이 체감한 끈질긴 겨울은, 유난한 습기는 차치하고 시리고 광폭한 바람과 한기만 고려하면, 백석과 윤동주가 살다 간 한반도 북부와 그 너머의 날씨에 더 걸맞을지도 모른다. "방 안에까지 눈이 내리는 것일까, 정말 너는 잃어버린 역사처럼 홀홀이 가는 것이냐."* 겨울의 감각으로써 문학적 기상도를 다시 그리며 북반구의 위도 높이 올라가는 상상의 끝에 우리는 강주룡을 만난다. "오로지 겨울이 위세를 떨"**치는 서간도에서 자라, 남편이자 동무와 밤의 눈밭을 도주하여 독립군에 가담하고, 혹한 속에 목숨을 걸고 활동하는, 강직하고 염결한 여성. 강주룡 이후, 임수아가 동생의 죽음의 진실을 추적하는 시기도 사범대생들이 졸업을 앞두고 임용고시에 전력투구하는 겨울이다. 가

---

* 윤동주, 「눈 오는 지도」, 『정본 윤동주 전집』, 홍장학 엮음, 문학과지성사, 2004, 109쪽.
** 박서련, 『체공녀 강주룡』, 한겨레출판, 2018, 84쪽.

장 공포스럽고 급박한 클라이맥스에서 "성긴 눈발"*이
차가운 소름처럼 세계에 돋아난다. 『호르몬이 그랬어』
의 소설들도 한결같이 그렇다. "눈이 그치고 하늘은 높
은 곳부터 채도를"(「다시 바람은 그대 쪽으로」, 35쪽) 떨어
뜨린다거나, "패딩 점퍼를 입기엔 애매"(「호르몬이 그랬
어」, 41쪽)하다지만 여전히 쌀쌀한, 또는 "발가락이 얼어
서 하나로 붙어버린 듯했고 나중에는 아주 감각이 없
어"(「총塚」, 83쪽)지는 것 같은 날에 이십대 초반의 작가
가 만든 인물들이 생성되었다. 작가에게 겨울은 적어도
지난 10여 년 동안 지속된, 아니면 가장 강렬하게 체감
된 계절이다. 기형도의 기상 감각이 지난 세기 후반 한
반도 중부 날씨의 평년값에서 기묘하게 비껴나 있듯,
기형도로부터 작가가 이어받은 겨울에의 민감성 역시
인류 역사를 통틀어 지구온난화가 전례 없이 급격하게
진행된 지난 10년의 기후 현실에서 궤를 이탈한다. 아
마도 "이제는 갈 일이 없는 철원"(「……라고 썼다」, 117쪽)
이라는, 서간도 못지않을, 혹한의 고장이 작가의 글쓰
기에서 유령적 영토를 넓히는 것일까. 지리와 기상이

* 박서련, 『마르타의 일』, 한겨레출판, 2019, 252쪽.

고유하게 결합한 유년의 세계 체험이 작가가 쓰는 작품마다 인장처럼 찍혀, 현시대의 서울은 물론 디아스포라의 과거사에까지 한랭기단을 드리우는 것일까.

추위와 어둠은 살아 있는 것의 몸과 마음을 위축시킨다. 신체의 오한은 정신의 불안정마저 야기한다. 외피의 감각이 무뎌지면서, 또한 아주 작은 자극에도 상처가 나고 피가 흐를 정도로 예민해진다. 겨울의 우리는 다침에 취약하다. 세 편의 소설에서 인물들이 처한 상황도 그렇다. 그리고 그것은 단지 계절과 날씨 탓이 아니다. "얼마나 더 먼 곳에서 얼마나 더 가난하게 살았느냐를 기준으로"(「다시 바람은 그대 쪽으로」, 17쪽) 기숙사와 장학금 혜택을 받은 대학 초년생, 비정규직, 구직, 무직에 지쳐 건강한 일상의 리듬을 상실하고 우울에 압도되거나, 반지하방과 고시원을 전전하며 새벽 아르바이트와 임금 체불 노동에 시달리기까지. 이처럼 이십대 초반의 작가가 그린 동시대 동세대 청년들은 모두 건실한 미래를 도모하거나 심지어 상상하는 능력조차 제대로 발휘할 수 없이 빈곤과의 매일의 투쟁에 에너지를 소진한다. 미래를 계획하기 어려우므로, 소설의 사건은 모두 하루의 시간성에 고정되었고, 미래의 상상이 희박하므로, 이들의 현재에는 과거의 플래시백이 자잘하게 틈입한다. 과거의 반추는 오늘의 현실에 원인과 진행 과정을 제공하고 반성적 진로 수정과 재시도의 힘을 실어준다기보다는 현시점의 암담함을 망각하거나 합리화하는 기제로 쓰이는 편이다. 「총塚」에서 플래시백은 마치 아날로그 시대의 편집실에 널린 짧은 필름 조각들의 영사 이미지처럼 다소간 두서없이 출몰하다 갑자기 끊기기를 반복하는데, 이러한 기억의 무질서한 파편화와 암전은 소설 속 청년들이 자기 삶의 서사를 주체적으로 조직할 만한 기운을 빼앗긴 채 무겁고 깊은 피곤에 젖었음을 반증하는 것 같다. 계절은 몸의 감각을 둔화시키고, 청년의 생과 노동을 하루치의 일회용으로 소비하고 버리는 현시대의 수도권 공화국은 정신의 능력을 약화시킨다.

미래가 보이지 않는 청년들에게, 10여 년이 지나, 미래의 작가가 다가선다. 그들의 삶은 더 이상 바꿀 것 없는 최종본이 아니라 미완의 초고였을 뿐, 방책 없이 내버려진 글쓰기의 궁지가 아니라 어떻게든 고칠 수 있고 "처음부터 다시"(「……라고 썼다」, 122쪽) 쓸 수 있는 습작이라는 듯, 연습의 반복과 재시도야말로 과거, 현재, 미래를 이으며 미래에도 지속적으로 실행할 수 있는, 생을 하루살이에서 구출하는 최선의 방책이라는 듯. 겨울은 위축의 계절에서 집중의 계절로 전환된다. 소진과 피로의 깊은 바닥을 들여다보며 창작업의 에너지를 끈기 있게 시추한다. 그러고도 다 고치지 않은 것, 완결하지 않은 것이 있다면, 매끈하게 조립되고 봉합되어야 한다고 간주되는 작품-상품의 표피 아래, 과감하게, "얼마나 엉망인지를 숨김없이 털어놓는다"(「다시 바람은 그대 쪽으로」, 37쪽). 그것은 작가가 말하듯 소설을 시작한 10년 전으로부터 너무나 "멀리 와버"(「다시 바람은 그대 쪽으로」, 37쪽)려서라기보다는 차라리, 현재에도 여전히 풀 수 없는 문제와 습득하지 못한 방법이 있을 터이므로, 아직 더 멀리 가보아야 하기 때문일 것이다. 오늘의 미제와 결핍에서 내일의 작가적 생이 연장된다. 습작의 문학과 함께 동시대인들에게도 시간이 조금 더 주어진다. 아직 끝나지 않았다. 모색과 연습을 다시 시작할 것이다.

트리플 1

호르몬이 그랬어
© 박서련, 2021

초판 1쇄 인쇄일  2021년 1월 22일
초판 1쇄 발행일  2021년 2월 1일

지은이 · 박서련

펴낸이 · 정은영
편집 · 김정은 안태운 정사라
마케팅 · 이재욱 최금순 오세미
          김하은 김경록 천옥현
제작 · 홍동근
펴낸곳 · (주)자음과모음
출판등록 · 2001년 11월 28일
          제2001-000259호
주소 · 서울시 마포구 양화로6길 49
전화 · 편집부 02) 324-2347
        경영지원부 02) 325-6047
팩스 · 편집부 02) 324-2348
        경영지원부 02) 2648-1311
이메일 · munhak@jamobook.com

ISBN  978-89-544-4633-4 (03810)
        978-89-544-4632-7 (세트)